JN265819

『北の豹、南の鷹』

松明がうつしだしたのは、グインがすでにルードの森で目のあたりにしたあの不気味きわまりないしろものだった。（246ページ参照）

ハヤカワ文庫JA
〈JA795〉

グイン・サーガ⑩

北の豹、南の鷹

栗本　薫

早川書房

5627

NORTHERN NOMAD, SOUTHERN SWORDMAN

by

Kaoru Kurimoto

2005

カバー／口絵／插絵

丹野　忍

目次

かくて北の豹と南の鷹が相会う時、巨大なる《会》がおこるであろう。かつてなき巨大なる《会》はひそやかにはじまり、だがそれによりて、この世はひそやかにあるまったく新しき段階に入るであろう。

そして、まことの変化のきざしは、さらなる前知らせとともにあらわれる――それは、北の豹がこの世をし

――アレクサンドロスの極秘予言書
「ドルイド暗黒書」より。

原書のこの先の頁は何者かにより破損され、先を読むことが出来なくなっている。

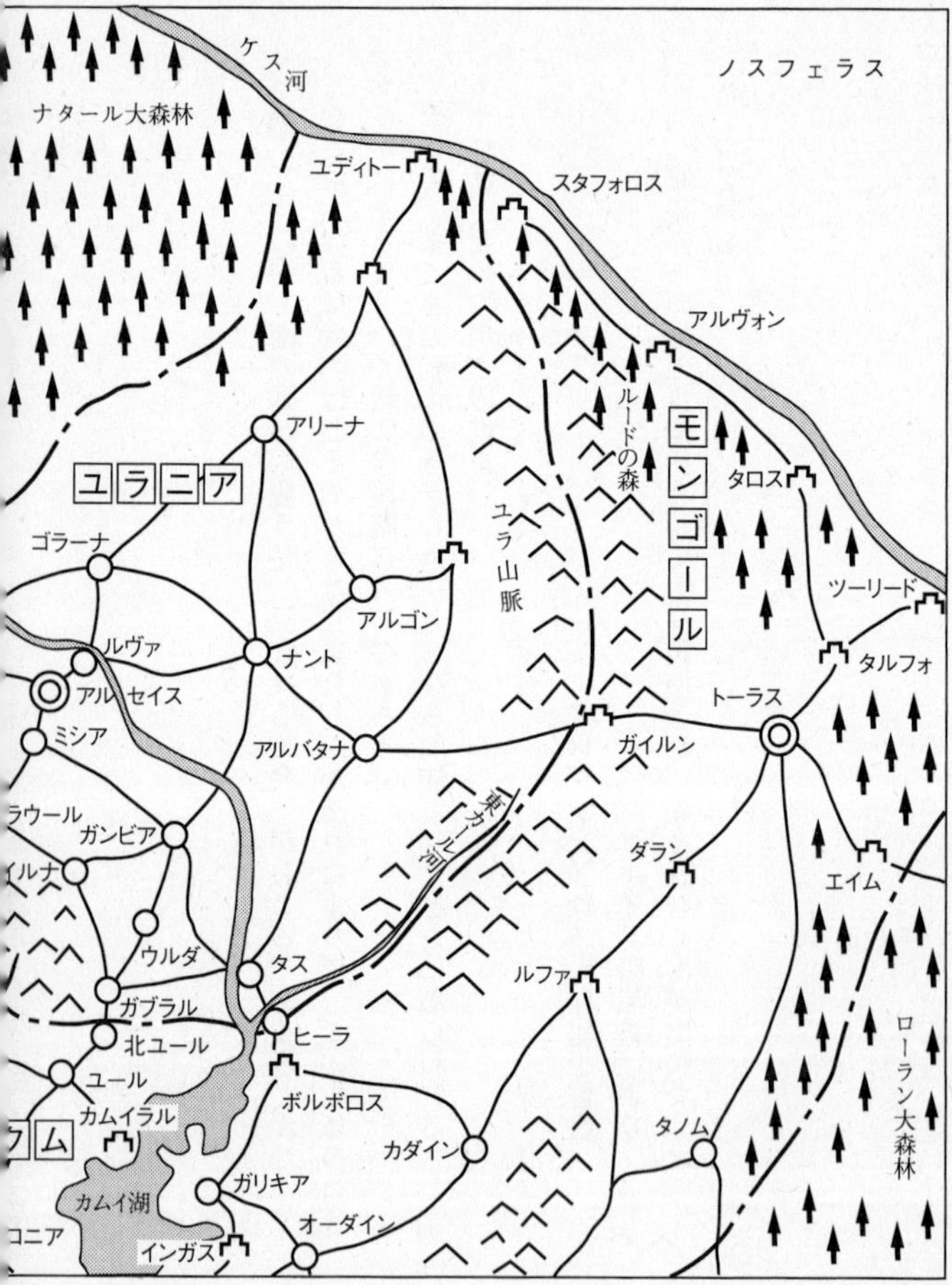
ノスフェラス
ケス河
ナタール大森林
ユディトー
スタフォロス
アルヴォン
ルードの森
モンゴール
ユラニア
アリーナ
タロス
ユラ山脈
ゴーラーナ
ツーリード
アルゴン
ルヴァ
ナント
タルフォ
アルセイス
トーラス
ミシア
ガイルン
アルバタナ
東カール河
ラウール
ガンビア
ダラン
イルナ
エイム
ウルダ
タス
ルファ
ガブラル
北ユール
ヒーラ
ローラン大森林
ユール
ボルボロス
カムイラル
カダイン
タノム
ガリキア
カムイ湖
オーダイン
コニア
インガス

〔中原拡大図〕

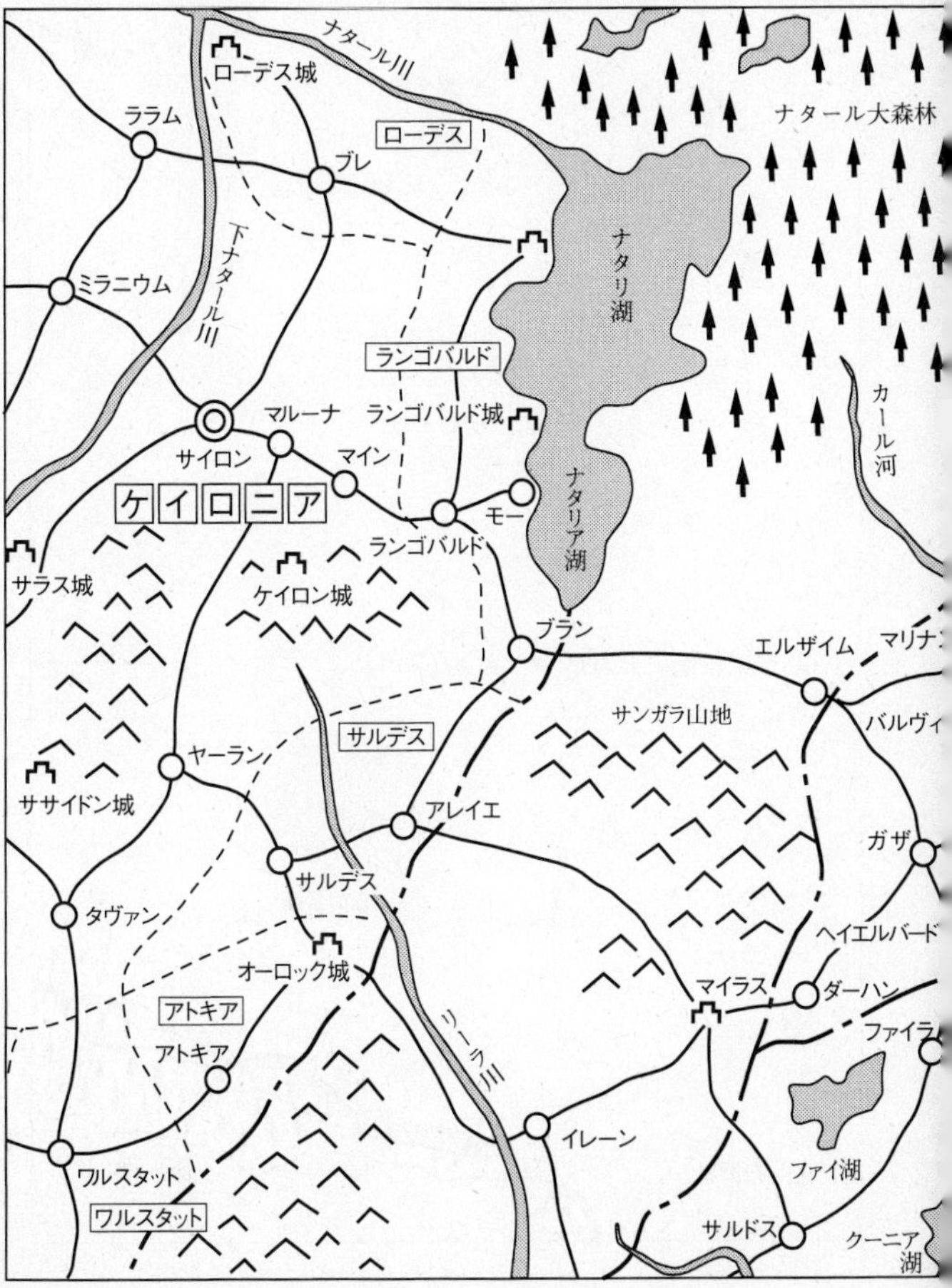

ナタール川
ローデス城
ララム
ローデス
ブレ
ナタール大森林
ナタリ湖
下ナタール川
ミラニウム
ランゴバルド
マルーナ
ランゴバルド城
サイロン
マイン
カール河
ケイロニア
モー
ナタリア湖
ランゴバルド
サラス城
ケイロン城
ブラン
エルザイム
マリナ
サンガラ山地
バルヴィ
サルデス
ヤーラン
ササイドン城
アレイエ
ガザ
サルデス
タヴァン
ヘイエルバード
オーロック城
マイラス
ダーハン
アトキア
ファイラ
アトキア
リーラ川
イレーン
ファイ湖
ワルスタット
ワルスタット
サルドス
クーニア湖

〔ノスフェラス〕

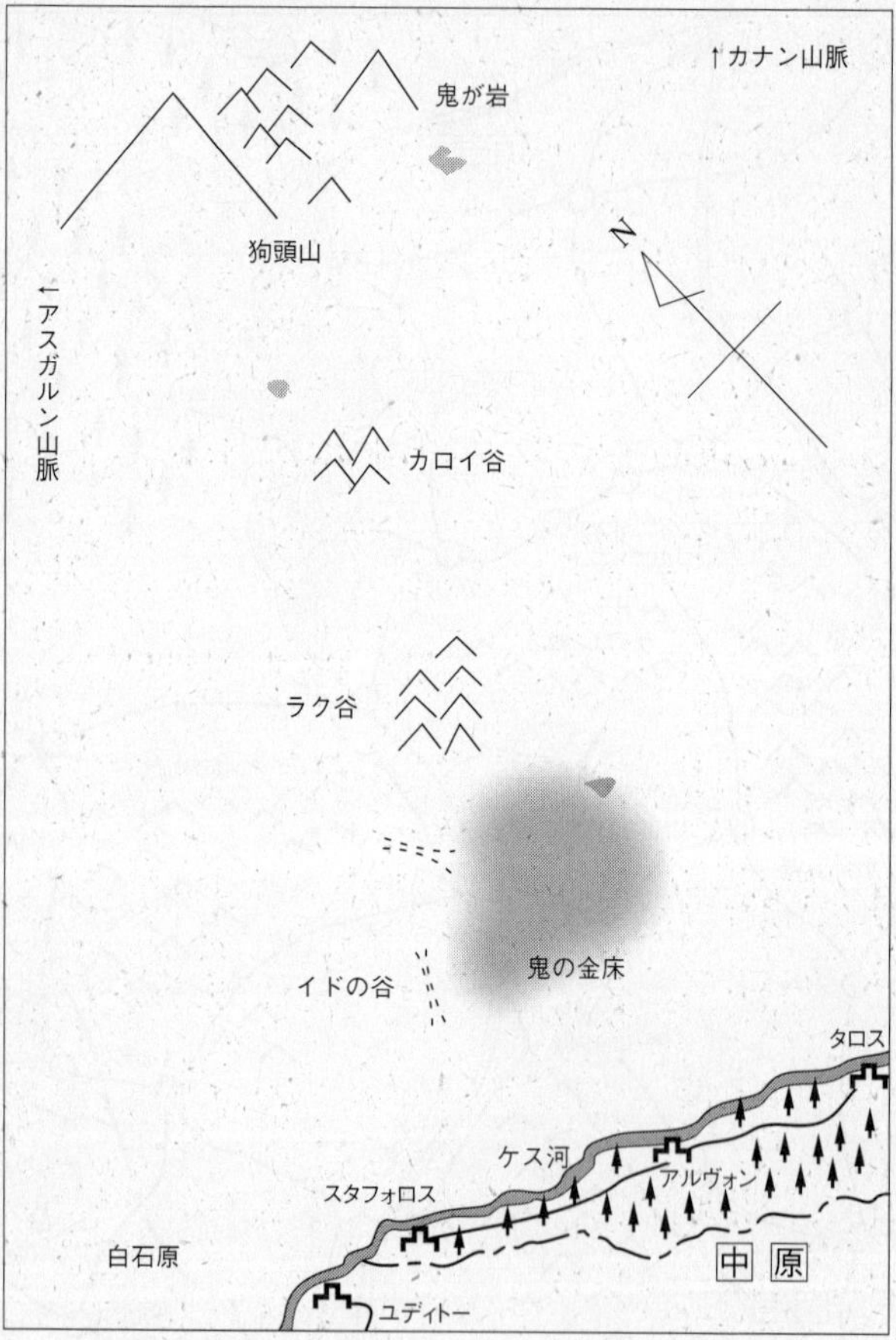
↑カナン山脈
鬼が岩
狗頭山
N
←アスガルン山脈
カロイ谷
ラク谷
鬼の金床
イドの谷
タロス
ケス河
アルヴォン
スタフォロス
白石原
中 原
ユディトー

北の豹、南の鷹

登場人物

グイン……………………ケイロニア王
スカール…………………アルゴスの黒太子
イシュトヴァーン………ゴーラ王
マルコ……………………ゴーラの親衛隊隊長
グラチウス………………〈闇の司祭〉と呼ばれる三大魔道師の一人
ヴァレリウス……………神聖パロの宰相。上級魔道師
トール……………………ケイロニア黒竜騎士団将軍。グインの副官
ゼノン……………………ケイロニアの千犬将軍
マリウス…………………吟遊詩人。パロの王子アル・ディーン

第一話　まぼろしの民

1

「スカール……」

グインは、つぶやいた。おのれが、何をつぶやいているかも、ほとんどもう、意識の外であった。

「アルゴスの――黒太子……」

その名は、グインには何の意味も、したがって感慨ももたらさなかった。だが、彼をじっと見つめている黒い深いその双眸には、彼の弱り果てたからだをもつらぬき、その心を動かすほどの強烈な光がひそんでいた。

「――グインどのは、ご存知ないかもしれぬ」

アルゴスの黒太子スカールは静かに云った。その間も、なかばは油断なくまわりの死霊どもに対して、目を配るのは忘れぬ。

「だが、このような場所では、落ち着いて話もできぬ。はからずもめぐり会えた天佑を感謝するにもあまりにも折が悪しい。何はともあれ、この化物どもを退治てより、あらためて対面とせん。しばし待たれよ」

スカールは左右にぴったりと彼を警固していた二人の男たちに合図した。それもほぼスカールと同じようななりをした、知っていれば一目で草原の騎馬の民とわかる男たちであった。うす汚れ、顔もすっかりほこりと無精髭におおわれて、赤い街道の盗賊どもとえらぶところもないありさまではあったが。髪をぐるぐるとぼろぎれをつかねたようなターバンで巻き、ぼろぼろのマントをなびかせ、腰にはぼろをよりあわせたような帯をしている。そのさまは、いかにも長い長い旅を経てきた、と見えたが、その痩せこけたおもてはするどく、眼光はけいけいとしているのが印象的だった。

かれらだけではなかった。スカールのうしろに続いている男たち——ただのひとりの女性のすがたもそこにはなかった——は一人として、これ以上痩せられぬほどに痩せておらぬものはなく、だが、すべてのものが、するどい目と、そして燃え立つような情熱を感じさせる、奇妙な印象的な表情を持っていた。

あたかも、それは、吟遊詩人のサーガのなかから直接にあらわれてきた一団のようだった——木々のあいだに群れていたから、正確なところははかりがたかったが、おそらくは五十人を割るということはなく、といって百人まではいなかっただろう。全員が、それほど若いものも、うんと年老いたものもおらず、だいたいスカールと似たりよったりからそれより十歳かそのくらい上下するかと思われる年頃のものたちだったが、みな、一様に、ざくざくとぼろぼろの布に身をつつみ、ターバンをまいて頭髪を隠し、ひげをぼうぼうとはやし、そして何かまるで求道者たちを思わせるような強い、光のある、くっきりとあくまで高い志を感じさせるまなざしを持っていた。

グインはなかば力つきかけていた。彼がよろめきながらその場にうずくまりかけた瞬間、スカールの合図した二人の男が馬から飛び降りてかけより、グインのからだをしっかりと左右から支えた。そして、彼を両側から護衛するようにはさみこみ、剣に手をかけて身構えた。なにものが近づくとも、はらいのけんという意気込みである。いっぽうスカールはすばやく馬に飛び乗り、他のものたちにかるく頭をふった。

長年の放浪のあげくに、もはや、一心同体——とさえいうべきか、ものを云わずとさえ、そのあるじの思うところが、部下たちにはたちまちにして伝わるような、そんな親密な関係がかれらのあいだには出来上がっているようだった。スカールのようすを見たとたんに、馬から下りかけていたものもただちに騎乗し、そして剣をぬきはなつなり、かれらはいっせいに、いったんスカールにおびやかされて距離をとったもののすっかりは逃げ去ろうともせずに木々のあいだからこちらをぶきみな形相で見つめていた死霊どもにむかっていった。

その襲撃はただちに死霊どもに非常な恐慌をもたらした。死霊どもはそうでなくともしだいにひろがりゆく朝の光のもとで、浮き足だってはいたようだった。スカール軍が、やっきになってかりたてるまでもなく、かるく剣を振って追いすがってゆくだけで、死霊どもはあわてふためいて木々の奥、森のさらに深いところへと逃げ込んでゆく。のろのろとした動きなので、なかにはスカール軍に追いつかれてしまうやつもいたが、そういうものに対しては容赦のない剣の一撃がふりおろされた。死霊どもは声もなく倒れてゆく。ぐしゃりとつぶれたそのぶきみな腐りかけたからだから、いやらしい色の液体が木々の幹に飛び散る。仲間がたおれるのをみても、死霊どもは声をあげることも出来ぬのか、あるいはそのような人間の感情もまた持ち合わせてはおらぬのか、無表情にそのまま森の奥へと逃げ続けるもの、あるいはゆっくりとそこに倒れ込んでゆくもの――そのさまは、地獄のふたがあいてあふれ出してきた亡者どもの群を思わせた。事実、それに近いものであったのには違いない。

スカールたちがぶきみな死霊どもをすべて追い払うのに、十タルザンほどもかからなかった。他のものに残りの掃討をまかせると、スカールはかるく馬首をかえしてこちらに戻ってきた。木々のあいだのごくごくせまい道を、瞬間的に馬の通れる場所を判断し、あるいはおいしげる枝の下を、鞍の上に身をかがめてくぐりぬけ、あるいは無理とみるとすかさず飛び降りて馬を通してやり、また馬上の人となる、そのようすで、すでにこの、本来は騎馬の民にはまったくむいておらぬ木々と下生えの密生した大森林の中にも、かれらがかなり馴れていることが察せられた。

だが、その事実もほとんどグインには何のおどろきも呼び覚まさなかった——もともと、かれらが草原の騎馬の民である、ということそのものが、どういう存在であることを意味するのか、いまのグインには、ほとんどわからなかったのだ。かれにわかるのは、ただ、この男たちは通常の、かれが知っているいまの乏しい知識のなかにある中原のものたちではなさそうだ、ということと——そして、そのものたちのあいだにあってもなお、《豹頭の戦士グイン》の名はきわめて意味のある、名高いものであるらしい、ということだけであった。

「グインどの。お待たせした」

スカールはまた馬からかるがると飛び降りると、木の根をまたいでよけながら、身軽にグインのほうに近づいてきた。グインはいくぶんうつろな目でスカールを見上げた。

彼は——彼としては珍しいほどに疲労困憊の極に達していた。それが、このところのきびしい試練の連続——ことに、イシュトヴァーンに受けた折檻の傷もかかわっていようとは、グインにはあまり意識されていなかった。ただ、おのれのあの強大な力が嘘のようにそのからだから抜けだしていってしまおうとしている、ということに、かすかなとまどいがあるばかりだった。

「グインどの」

スカールは心配そうに声をかけた。

「これはいかぬ。グインどのはかなりお疲れのようだ。——それも無理はない。どのくらいあのおぞましいゾンビーどもと戦っておられたのかわからぬが——カン・ター。酒を」

「は」

呼ばれた同じようにひげづらの男が、腰から、木の節をくりぬいたような素朴な水筒をはずして、スカールにさしだした。スカールはそれを受け取り、グインにそっと差し出した。

「まずはひと口、グインどの。毒味が必要ならば、俺が」

「いや……」

グインはやっと口をきいた。いまにも、倒れてしまいそうなおのれをもてあましていた。

「その必要はない——頂戴する」

「忝ない」

スカールはじっとグインを見据えながら云った。そして、その水筒をグインに差し出した。

グインはそれをうけとり、口にあてた。強い味の、かっと喉を焼く火酒が流れ込んでくる。ふいに、意識がうすれた。

「すまぬ」

彼は云おうとした——だが、どのくらい口が動いたものか、おのれでもわからなかった。

「こんなふがいないところを見せるつもりではないのだが——少々、力がつきてしまったようだ……俺は」

云おうとしたなりで、彼のたくましいからだが横倒しになった。だが、地面にうち倒れる前に、すばやく、あの護衛たち二人が彼を抱き留めた。

「豹頭王は、お怪我をしておられるか？」

案じて、スカールがかれらにきいた。二人はすばやくグインのからだをあらため、首を横にふった。

「ただ、極端に疲労しておられたゆえかと」

「そうか。——ならいい」

スカールは大きくうなづいた。そして、おのれの肩から、いくぶん難儀そうなしぐさで、黒い皮のあちこち破れてほこりだらけになったマントのひもをといてすべりおとすと、それを男たちに放った。

「グインどのにかけてさしあげろ。お疲れなら、眠るのが一番いい。近所にやつがいるはずだ。本当は移動したいが、逆に移動することで目立つのが気になる。――しばらく、ここに潜むぞ。火はたくな。音もたてるな」

「は」

いかにも、長年、沈黙のうちにそのあるじにしたがってきた騎馬の民らしく、男たちが低くうなづいた。大きなときの声のようなものもひとつもあがらなかった。

そのまま、かれらは、馬をなだめ、馬からおりると、それぞれにそのあたりに落ち着く場所をさがした。ようやく、ルードの森に、朝日がたかだかとのぼり、あれほどに闇の深くおぞましかった辺境の森の下生えのあいだにも、かすかに光がさしこみはじめていた。


グインが、眠る――というよりも、いかんともしがたい極限の疲労と衝撃とにうちのめされて、なかば意識を失っていたのは、だが、ごく短いあいだでしかなかった。

「ここ――は……」

するどくトパーズ色の目が開くと同時に、彼はすべてを思い出していた。目の前に、スカールの浅黒い、髭むくじゃらの顔があった。

「お気がつかれたか。グインどの」

低い声だ。同時に、その声に気遣わしげな響きがあった。

「よかった。あまりに疲労し弱っておられたので、心苦しかったが、起こさなくてはならぬかと案じていたところだった」

「……」

どうしたのか、とたずねるようにグインはスカールを見上げた。スカールはかるく頭を動かして、あれをきけ、というようなようすをみせた。

「オーイ。オーイ」

かすかな――だが、もうグインの耳には馴染んでしまった呼び声が、森の彼方のほうからきこえてくるのが、グインをはっとさせた。

「ゴーラ軍か」

「ああ」

スカールの答えは短い。

「おぬしは、時間にして、一ザンほどしか気を失っていなかった。そのあいだにも、かなり近くまで声がきこえてきて――はらはらさせられた。だが幸いにして、このあたりまではこなかったが」

その探すのをききながらこの人数でこうして木々のあいだにひそんでいたのか――と、グインはちょっと驚いてあたりに目をやった。彼が身を横たえていたのは、最前の場所からは少しはなれているらしい、びっしりとツタにからみつかれた一本の大木の根かたであった。彼のまわりにはスカールと数人の騎馬の民がいたが、とうてい、残りのものも、またその馬もそのあたりにいるとは思えなかった。彼はまた見回した。彼の目の動きの意味を、充分にスカールは察したようだった。

「我々は騎馬の民」

低く、彼は云った。

「さらに、もともとは草原を放浪する、家をもたぬ騎馬の民、さすらいの民であったが、俺の我儘勝手より国を失い、幾久しく中原の山々、森林、野山を我が家として、森をも山をも海辺をもさすらってきた。野山に伏せるのがわれらのありよう。——すぐ手をのばせばふれるほどの間近にこようと、たかがゴーラ兵ごときに発見される我等ではない。我等の馬もまた我等の仲間」

「………」

グインは黙ってうなづいた。それをどうとってか、スカールは満足げに破顔した。

「まず待たれよ。まだ、あの声はこのあたりにあるが、しだいにどうやら北へむかうようすだ。なまじ動き出せば枝葉も動く、音もする。もう少しかれらが探索をあきらめてから、われらも移動を開始しよう。さすれば、わけなくおぬしを安全な——とりあえず安全なところへ案内してやすんでもらえる」

「お手間をかける」

「なんの」

スカールはまた笑った。

「ずっと、おぬしに会いたいと思っていたのは俺だけかもしれぬ。だが、俺はおぬしに会えて嬉しい。つねづねうわさにのみきかされ、なかなか相会う機会を得ず——もはや俺も、中原の歴史の舞台からは遠い野盗、野伏せりのたぐいとなりはてたかと思っていたのだ。——待て、来る」

スカールは指を口に入れるとヒュッと低くならした。それは奇妙な鳥のさえずりのようにしか聞こえなかったが、とたんにスカールのまわりにいた男たちも、ひょいと木々の奥に身をひそめてしまった。よくよく耳をすますと、かすかな馬の鼻息のような音や、かすかな布のすれあう音がきこえなくもない。だが、それは、ひっきりなしにきこえるルードの森の風のざわめき、けだものたちや鳥たち、虫たちの鳴き声に消されてほとんど目立たない。スカールは、グインに手をさしのべた。

「立てるか。グインどの」

「それは無理というものだ。歩けなければ、俺が運ぶが」

「大丈夫だ。そこまで弱ってはおらぬ」

グインは幹に手をついて、身をおこしてみた。そのあいだにも、ゴーラ兵たちの声が遠く近く押し寄せる波のようにひびいてくる。

「この木のうしろがうろになっている。そこに入れば、まず見つかるまい」

スカールが低くいった。そして、大木のうしろ側にグインを導いた。

「あと、たぶん二、三ザンの辛抱だ。きゃつは執拗《しつこ》い上、おぬしをなんとしても逃すまいとしている。本当なら何日でもこのあたりにとどまって、おぬしを狩り出すまではなれまいが、さいわいなことにここはルードの森だ。——夜になれば、きのうほど必死になっておらぬかぎりは、いかなゴーラ軍でも、そうそう広範囲に活発に動き回るのはあまりに危険だろう。もっともきゃつはおぬしをとらえるまではどうあってもここをはなれまいとするかもしれぬが——我々がそれにつきあういわれはまったくない。夜まで待って、我々はここを抜け出していったんルードの森を離脱しよう。大丈夫だ。すでにこの森の地理は知り尽くしているといっていい。安んじて、我々に身をゆだねてくれてよい」

「………」

グインはじっとスカールを見つめた。スカールは木のうろを指し示すとグインにそのなかに身を隠すようにツタをかきわけてやった。

「いささか、むさくるしいし、狭いが、さすがにルードの森、これほどの巨木があるというのもこの森ならでは」

スカールはいくぶん仏頂面で説明した。グインは黙ってそこに立っていた。相変わら

ず、「オーイ。オーイ」の声がかすかに遠く聞こえている。

「どうした」

スカールはちょっと目を細めた。

「身を隠すのをいさぎよしとされぬか？」

「そうではない」

「では、このスカールが信用ならぬか？　それも無理からぬこの人相風体かもしれぬが」

「——いや」

少し考えてから、グインは肩をすくめた。そして、ゆっくりと云うと、そのまま自分から木のうろに身をすべりこませた。スカールはその外側からツタをひきおろして、うろの入口を隠した。

「いごこちはあしかろうが、夕方までの辛抱だと思ってくれ。俺は部下どもと、きゃつの動きの偵察にまわる。どうやら大丈夫そうだとなったらすぐにおぬしを迎えに戻るし、このまわりにも数人、仲間の信頼できるのを伏せておく。飲み物と食べ物だ」

スカールはおのれの腰から袋をといて、それをグインのかたわらにおしこんだ。

「適当に中のものを飲み食いしていてくれ。そこならば、大声を出したり動いたりせぬかぎり、まずは森に馴れぬきゃつらの兵は気付かぬはずだ」

「――すまぬ」

グインは短く云った。スカールはちょっともどかしげな目つきでグインを見たが、そのまま首をふると、ツタをさいごにまたひとまき、うろの入口にかぶせ、そのまま姿を消した。

まるで風のようだ――グインは、暗くしめっぽい、なんだかいろいろなささやかな虫どもが這い回っているような気配のする木のうろの中に座り込んで、黙然と考えた。グインにしてみれば、これはまたずいぶんと奇妙な成り行きであった。

もっとももどかしいのは、《アルゴスの黒太子スカール》と名乗った、その相手の正体が、もうひとつ、えたいが知れぬことであった。どうあれルードの森の死霊どもからあやういところを救ってくれたのであることは間違いなかったし、それに、グインの直感は、(この男は好漢だ。信じてよい)と告げてはいたが、しかし、なぜこのようなところに突然あれだけの騎馬の兵士たちをひきいてあらわれたのか――しかもどこかの国の王太子を名乗りながら、なぜあれだけの兵士しかつれていないのか、あれほどにみな一様に汚いなりをしているのか、あやしむならば、あやしむべきことはいくらもあった。

また、ましてやこのようなルードの森という、普通ならば近づくことをさえ恐れる辺境の魔境に、妙に通暁してさえいるそのおそれげのないようす――ことあるごとに、なにかいわくありげなその態度ものごしにせよ、いちいち、いまの、事情についての知識をすべて失っているグインには、いぶかられることばかりだったのだが。

(だが、ともかく、わけのわからぬことをあまり考えたところでどうなるものでもない。――ともあれ、なるようにしかならぬだろう。まだだいぶん、思ったよりもからだが弱っている。――なんとか、まずは体力を回復させることだ)

結局のところ、グインの思念はそこに落ち着いた。彼は、そう思い決めるとあとはもう、あれこれと思い悩むのは後回しにし、このいまのあまり快適とは言い難い環境で得られるかぎりの休息をとってからだをやすめ、体力を取り戻すのに専念することにして、膝をかかえるようにし、黒いマントでからだをつつみこんで目をとじた。遠くからきこえてくるゴーラ軍の彼を捜し続ける声も、もう彼を悩まさなかった。

次の瞬間、彼は極度の疲労から、胸に、腰の帯からぬいた剣を抱いたまま、泥のように眠り込んでしまっていた。

むろん、もしも敵兵が近づいてくる気配があったり、また何か異変のきざしがありさえしたら、どれほど深いねむりでも、おそらくは一瞬にして彼は醒め、たちまち戦闘態勢に入ったに違いない。だが、それ以外のものでは何もさますことができぬほどに、深い眠りであった。おそらくは、おのれで感じていた以上にじっさいには彼の消耗は激しく、また精神的な疲労も極限に達していたのだ。イシュトヴァーンに鞭打たれた彼の傷をいやしてくれたあやしい天上の力も、そこまでが限度で、彼をまた、元気いっぱいに朝目覚めたときと同様の活力のみなぎるからだにするまでは、及ばなかったと見える。それにもまして、奇妙なくらいに彼を消耗させていたのは、あのぶきみなおぞましい死霊どもの群だった。

　それはグールどもよりもはるかにグインにとっては《よくないもの》だった。何か、ひどくよくない《負》の力でもって、かれの強大な力をさえ吸い取っていってしまうようなぶきみな暗黒が、あの死霊どもにはひそんでいた。あるいは死霊どもに吸い取られたのは、体力よりももっと奥深い、彼の生命力そのものであったのかもしれぬ。

　いずれにせよ、次にふっと目覚めたとき、彼は、あたりがまた暗くなりかけているのを発見した。それほどに、彼は死んだように何一つうろの外側のことなど気にかけることも、警戒することも忘れて眠りこけていたのだ。

　だが、その泥のような眠りが彼にもたらした作用はおどろくほどのものがあった。頭がすっきりとし、またすべてに立ち向かおう、という荒々しいほどの意気込みが彼のなかにあらたに生まれていたし、また、からだそのもののほうも、かなり体力を取り戻してきていることがはっきりと感じられた。何もかもが違って見えるほどにそれは違っていた。このままた、今夜一夜を死霊どもと戦い抜け、といわれてもなんとかなりそうなくらい、グインはおのれの意気があがっているのを知って驚いた。

外はもうなかば暗く、そしてまた、あやしいルードの森の夜がやってこようとしていた。思ったよりもずっとたくさんの夜を俺はこのあやしい魔の森ですごしている——彼は溜息まじりにそう思い、それからスカールのくれた水筒から飲み、スカールの残していった袋から、ぼろぼろの粗末なパンをとりだしてそれをむさぼるように食べた。それでさらに元気がついたが、からだのほうは、もともとがこのような狭いところに押し込められるには大きすぎるところへもってきて、ずっと同じ姿勢でいたために、しびれがきれて我慢がならないくらい手足を伸ばしたくなっていた。

グインは少し考えてから、そっとツタをおしのけて外をのぞいてみた。もう、諦めたのか、それともこちらにはいないとみて他の方向を探しているのか、あの呪わしくつきまとってくる「オーイ、オーイ」という声もしなかった。かわりにまた、夜泣き鳥がかすかにルードの森のそこかしこで、女の泣き声のような不吉な声をあげはじめている。

グインはそっとツタをかきわけて、外に出た。しびれた手足をさすり、そっと血行を取り戻させようとしていたとき、

「陛下」

驚かさぬようにだろう、低い声がまずかかり、それから、ふわりと木立のあいだから、数人の騎馬の民があらわれた。

まるきり、まぼろしのようだった——その意味では、あの死霊とも、グールともあま

りえらぶところのない連中だ、といってもよかったかもしれぬ。そのぼろぼろの格好がルードの森の暗がりに奇妙に馴染んでいるところも、まるで、あらてのグールか死霊の一群としか見えなかった。

「お目覚めでございますか」

どこのものか、なまりは強かったが、意味はよくききとれた。かれらは、グインを警戒させぬようにだろう、ひげづらに懸命に笑みをたたえながら、そっと会釈して近づいてきた。グインは剣を腰にさし、袋と水筒を腰につるして身支度をした。

「手間をかけた」

「いま少しお待ち下さい。太子さまは、ただいまこちらに向かっておられます」

「なぜ、わかる」

「合図が、参りましたので」

草原の民は、指を口に入れた。ヒュッと吹くと、遠くから、ひゅーっと微妙にひびきの違う長い指笛がきこえてきた。知らねば鳥か虫の声か、風のたてたいたずらな音としか思えぬそれが、草原の民たちにはきわめてわかりやすい合図だったのだ。

2

「グインどの」

ほどもなく、木々のあいだから、黒づくめのスカールのすがたがあらわれた。馬はおり、分厚い布を上のほうにまきつけたごつい靴で密生する下生えを踏んで急ぎ足で近づいてくる。

「遅くなった。——おぬしをよそおって、ゴーラ軍をおびき出してやろうと思い、あちこち森のなかをひきまわしてやったのだが、さいごに撒いて戻ってくるのに思わぬ手間をくってしまった」

スカールがにっとひげづらで笑った。

「だが、当分はたぶん大丈夫だ。きゃつらは俺をおぬしだと信じて、かなり反対側のほうにひっぱりまわされている。おぬしの持ち物だと何かはっきりわかるものがあれば、それを借りていって落としてやろうと思ったが、見たところおぬしも何も不要なものは持っておらぬようだったからな」

「……」

「ともかく、いまならば多少のゆとりがある。いますぐ、この地をはなれよう。そして、ユラ山地まで一気に夜がけでルードの森を抜けることだ。もうここからルードの森の西はずれまでは、近いところではいくらもない。いったん森をぬければ――このあたりは俺はあらかじめだいぶんかけまわって様子を確かめた。身をかくす洞窟だの、山の崖下だのも心得てある――どうした」

「いや。このようなところにそのように詳しいのか、と思って」

「それが、俺のありようだ」

スカールは、またにっと目元で笑った。

「俺は――俺もこやつらも定住する家をもたぬ。それゆえ、世界じゅうが俺の庭といってもよい。ことに森や草原や、崖や山や――ひとのいなむそういう無人の境が俺にとってのまことの家のようなものだ。木々のかたち、枝ぶり、草の生え具合は決して忘れぬ。それゆえ、いかにルードの森が深いといっても、ひとたびそれらの目印を覚えれば、たなごころをさすように覚えられる。それでも駄目なら、しるしをつけておく。――そうやって、我等はたがいにどこにいても会えるようにしておく」

「ふむぅ……」

「ともあれ、時がうつる。おぬしの乗れる馬は俺のの他には一頭しかない。それを貸そう。——ちょっと長く馬に乗らねばならぬからな。おい、イー・リン」

「は」

云われただけで、すぐにイー・リンは馬から飛び降り、おのれの馬を族長にさしだした。そのまま、手綱をスカールのかたわらの男に渡して、おのれは別のものの馬に駆け寄ってそれに飛び乗る。身軽に、あぶみの端に足をかけ、ひょいと馬のたてがみをつかんで、馬の上によじのぼるしぐさが、いかに長いあいだ、かれらが馬たちと生きてきているのかをしのばせた。

イー・リンがあけてくれた馬に、すすめられてグインはよじのぼった。おのれの巨体がかなり、中原の人間の平均からはかけはなれていることはもうわかっていたので、少し心配だったが、一方、この新しい連中の持っている馬が、ゴーラ兵たちの馬よりひとまわりがっちりとしていることもわかったので、少しだけ安心できた。スカールのうしろには、わらわらと影のように、騎馬のものや、馬の手綱をとらえて歩いているものなど、スカールの部の民らしいものが木々のあいだにかいまみえている。とてつもなく多くも見えるし、すべてがまぼろしのようにも見える。

「まことの夜になるとまたあのぞっとしないゾンビーどもがあらわれるかもしれぬ。日没までにルードの森を抜けられるなら、それが一番よい。——そうしたら、山地のはずれで夜営できるが、そこまでゆけずとも、いかなルードの森も、はずれともなるとさすがにあまりぶきみな連中もいなくなる。ともかく、森をぬけることだ——どうした」

スカールはけげんそうにグインを見た。グインが、馬に乗ったはよいが、そのまま くちびるをかんで何か考えこむようすを見たのだ。

「グインどの」

スカールは、いくぶん、おもてをあらためた。

「おぬし、よもやと思うが——俺を警戒しているのか。突然あらわれて、強引にものごとを運ぼうとしている、あるいは《彼奴》と同じ目的でおぬしをだまして拉致しようとする一味ではないのかと、そのように思っているのか」

「そういうわけではないが……」

「そのように警戒されるのも、あるいはやむをえぬかもしれぬ、とは思っていた」

スカールはちょっと嘆息した。

「いまの俺は——かつての、アルゴスの王太子であった時ならばいざ知らず、いまの俺の人相風体は、あまりにもあやしまれて当然かもしれぬ、とは思うていたのでな。——それに、おぬしが俺のことをどのていどわきまえているのか、俺は知らぬ。……ただ、俺のほうは、おぬしとここで、ルードの森で会うことに、おどろくべきヤーンの運命の導きを感じていた。だが、おぬしが同じように感じてくれなかったとしても、それはそれで、やむを得ぬ」

「……」

「だがともかく、今日の昼間ずっと苦心して、ゴーラ兵をまいてきたのだ。その利点だけは、ふいにしたくない。――よかったら、馬をおり、歩きながら話そう。それで得心がいったら、馬にのって俺と同行してくれ。それではどうだ」

「俺はべつだん……おぬしを疑っているわけではないのだが……」

グインはふたたび、いまのおのれの状態――記憶を失い、まったく中原の情勢についても、誰が味方で、誰が敵かということについても、推測するしかない、この無力な状態について、どう説明したものか、そもそもスカールというこの、グインにとってはえたいの知れぬ風来坊に説明していいものかどうか、迷った。うかうかと多くを語ることは、イシュトヴァーンに対して招いてしまったのと同じ疑惑を招き寄せてしまうことになるかもしれぬ。いや、スカール、というこの男が、なにもので、どこの国に対してどういう立場をとる人間なのかさえ、いまの彼にはわからぬのだ。

彼はあいまいに、ことばを探しながらいった。

「ただ――おぬしの出現があまりに突然で――また、このような、ルードの森というような辺境の――魔境とよばれる場所に、なぜ、このように突如として――しかも草原の騎馬の民があらわれるのかということについて……おぬしの、目的や、それに……」

「無理もない」

グインがいささかほっとしたことに、スカールは軽く笑って、馬から飛び降りた。

「まずはそれを説明するのが急務だったな。でなくば、豹頭王として、おのれがふたたび、あらての誘拐者の手におちようとしているのか、と疑惑をもたれるのは当然のところだ。――俺はアルゴスの黒太子スカール、いや、かつてはそうであった。何年前まで、草原の国アルゴスの王太子という身分であったのか、俺はもう覚えてもおらぬ。――俺は、あるときからきっぱりとその身分を捨てた。すべてを捨て、国王である兄も、またアルゴスの王太子としての権利も、ふるさともすべて捨てて、さいごまでつきしたがってくれるおのれの部の民とのみ旅に出た。もう、忘れてしまうほど、俺にとっては遠い昔のことになったが」

「……………」

「それもこれも《彼奴》――その名を口にするさえ呪わしいあの男、ゴーラのイシュトヴァーンのゆえだ。俺の人生は彼奴ゆえに狂った」

「……………」

「女々しいとあざけってくれてもよい。なんという未練な奴と嘲笑ってくれてもよい。――俺のイシュトヴァーンへの恨みはただひとつ、彼奴が俺の妻を殺した、それにつきている。――自由国境地帯の山の中だった。俺はノスフェラスより帰り、病を得て思うにまかせぬ体だった。その俺の部隊を、自由国境地帯に巣くって《赤い街道の盗賊》団の首領として掠奪と追い剝ぎの悪事を重ねていたイシュトヴァーンが襲った。俺の妻リー・ファは、イシュトヴァーンから俺を守ろうとしてイシュトヴァーンの俺にむけた刃の前に飛び込んだ」

「……………」

「誰も知らぬ山の中でリー・ファは死んだ。——イシュトヴァーンを俺は殺し損ねた。怪我はおわせてやった——だが、俺も病んだ身だった。そうでなくば、間違いなく討ち果たしていた。……だが、病んだからだゆえ、リー・ファの仇討ちはかなわなかった。ひとは——」

スカールは、ぎりぎりと歯をかみしめた。

「俺をいさめた。部の民の長までが俺をいさめ——所詮、一人の女だといった。たかが女ひとりの仇討ちに大事を見失い、国と部の民を失う、それが大丈夫のすることかと、面と向かって罵った奴もいた。きゃつらにはわからぬ。——もはや、ことはリー・ファの仇討ちのみではない」

「……………」

「俺の妄執と呼んでくれてもよい。俺を狂人と思ってくれてもよい。——だが、俺の人生は、リー・ファの仇討ちをかなえられなんだ時点で狂った。俺は長いあいだ、草原の騎馬の民の男として、おのれの信ずる信条にしたがうことのみを生き甲斐として生きてきた。……その信条には、《おのれの誓いにそむかぬこと》が第一にくる。——俺は、リー・ファのなきがらにたてた誓い、必ずあだをうちはたす、という誓いをまだ守れておらぬ。——それが守れぬうちは、俺は男ではない。俺は——イシュトヴァーンを討ち果たさぬかぎりは、俺の人生は狂ったままだ。あの時点から、俺の一生は、止まったままなのだ、グインどの。——妄執とも、愚かとも笑うがいい」

「笑いはせぬ」

グインは静かに云った。

「笑いはせぬが、しかし——」

「彼奴は何も知らぬ。——俺の妄執も、俺の誓いも知らぬ。草原の男の誓いがどのようなものであるかも知らぬ。俺は、誓いをはたすために国をすて、ついてくる部の民だけを連れてアルゴスを出た。——俺はずっとそののち、イシュトヴァーンのあとだけを追いかけて生きてきた。イシュトヴァーンの立ち回るときく先をつねに追いかけ、いつの日か、闇討ちではなく正々堂々とイシュトヴァーンを討ち果たすためにだけ、残りの一生をかけてきた。……どちらにせよ、ノスフェラスで病を得た俺のからだは、魔道によってかろうじてもたされているだけだ。その魔道がなくば俺はただちについえ去る。そのからだであることを知っているがゆえに、俺は——」

スカールの落ち窪んだ黒い瞳が、妖しいゆらめくような妄執をこめて、グインを見つめた。

「俺は、生あるうちにイシュトヴァーンを討たずにはおかぬ。リー・ファに誓っただけではない。その後イシュトヴァーンをずっと彼奴には知られずつけまわしているうち、俺は、この男こそ、中原に戦争の惨禍をもたらす最大の元凶と信じるにいたった。彼奴の心には安息はない。彼奴はただ、おのれの心のなかの暗黒にひきまわされ、どこまでもどこまでも殺戮の炎をひろげることしか考えておらぬ」

「……」

グインは黙り込んだ。

そのことばには、あらがいきれぬひびきがあった。彼自身が、すでにイシュトヴァーンのその恐しいほどの暗黒に、目の前でふれておそれおののいたばかりだったのだから。グインの目のなかに、ケス河のほとりで惨殺されてゆく女たち、子供たち、無力な若者たちのすがたがまざまざと浮かび上がった。

「いっときは、あわやそれに成功するところだった。あれは去年だったか、彼奴が兵をひきいて無謀にもパロへの遠征をくわだてたときだ。――俺はひそかに部の民をひきいてずっと彼奴のあとを追った」

「……」

「さしもの俺も、彼奴の築いた新都イシュタールや、アルセイスの都には近づくことができぬ。――何よりも、俺たちは目立ちすぎる。もとは数千人からいた部の民もついにはいまは百人を割ってしまったが、それでも、一目で草原の流浪の騎馬の民とわかってしまうわれらの人相風体は、あまりにも目立ちすぎる。また、これだけの人数で、何万を数えるゴーラ軍のまっただなかにいるイシュトヴァーンに襲い掛かるわけにも、分厚い新都の居城を落とすわけにもゆかぬ。それゆえ、俺にとっての好機はひたすらイシュトヴァーンが遠征に出るときに限られていた。――俺は辛抱強くイシュトヴァーンの近くに、ゆるすかぎりの近くにひそみ、間諜を出してイシュトヴァーン軍の動静を探り続けさせ――イシュトヴァーンが遠征に出るときけば、見え隠れにそれを尾けてどこまでもひそやかに追いすがった。――まるで幽霊のようだった。我等の仲間のうちにも、おのれを自嘲して、草原からの幽霊団、などと自称するものもいたほどだ。――まさにもはや我等は幽霊にすぎぬのかもしれぬ」

「……」

「だが、幽霊でもなんでもよい。イシュトヴァーンがゴーラ軍をひきいて、モンゴール反乱軍を討つべくトーラスに入ったのもまた、俺にとっては好機だった。さいごの好機かもしれぬ、と思った。なぜならば」

スカールの目が暗くかげった。

「我等は……みな病んでいるからだ。まさしく我々は幽霊部隊だ。――もとは、俺だけだった。俺はもとよりノスフェラスで病み、グラチウスと名乗る魔道師の力によって辛うじて生命を得た。それによって、俺はなんとか今日の日まで生き延びてきたのだが……このきびしく、明日を知らぬ苦しい日々のために、俺の部の民たちも次々と死んだ。脱落したものはおらぬ。それをこそ我等は誇りに思っている。だが、年長のものは、草原をも遠くはなれてのこのはてしない流浪に疲れて死んでいったし、年若のものも耐えきれずいのちをおとすものが多かった。壮健なものたちも、みないつしかにそれぞれ、病んだり、傷ついたりして、ただ気力と、いつの日かあだをうちはたして草原に帰るのだ、という夢だけを頼みに生きている。グインどの」

スカールはちょっと自嘲気味に笑った。だがその目には光るものがあった。

「笑ってくれ。我等はまさしく草原の幽霊どもだ。いまとなってはもう草原に戻ったところで幽霊でしかない。帰る場所とてもなく、草原にわれらを容れる国もない。——だが、それでもなお、妄執に突き動かされ、我等はここにきた。認めねばならぬ——かつてならば知らず、いま現在のイシュトヴァーン軍を、この病み疲れ、衰えた騎馬の民百名で討つことはまず不可能に近い。——なれば、卑劣ながらも俺は、イシュトヴァーンが孤立するときをねらっていた。このルードの森の中にゴーラ軍がやってくるとは、千載一遇、今度こそ仇を討ってくれ、仇を討って残りの人生を妄執から自由になってくれ、というリー・ファの魂魄の祈りそのもののように俺には感じられた。——俺はルードの森に入り、何日もかけてルードの森の地理に通暁し、それからイシュトヴァーンを追った――グールどもと、ぶきみな吸血ヅタだの吸血コウモリだのにみちみちたルードの森で、俺たちは何日も過ごしたのだ」

「そうだったのか……」

「だが、俺は……」

スカールは、手をさしのべた。その手は、確かに、よく見るとかつてのあの精悍なたくましさを失い、まだごつくしっかりとした骨格こそ保持していたものの、肉はこれ以上落ちられぬほどに落ち尽くして、枯れた印象を与えた。それに比べると、そのさしのばされた手の前にあるグインの手と腕とは、恐しいほどに逞しく、生々しい精気にみちあふれて見えた。

「俺は彼奴を討ち果たす前におぬしに出会った。――おぬしがいったん逃亡したことも、その前に、どのようにして彼奴にとらわれたかということも……あのケス河のほとりであの反乱軍の残党の若者たちを助けようとして単身ゴーラ兵の中に討ち入ったときにも、それから反乱軍の残党を逃して脱出したときも、ケス河のほとりで彼奴の殺戮に出会ったこともすべて実はひそかに見守っていた。おかしげな奴と思われるかもしれぬ。だが――」

スカールは何かを振り払うように首を振った。

「俺は、かねがねおぬしの噂をきいていた。そして、それがはたしてまことだろうかと——正直疑っていたのだ。そんな人間離れした存在というものが、あるものだろうかとな。——また、おぬしというのが本当は何者であるのか、ということについても疑惑をもっていた。あまりにも、奇妙だったし、あまりにも超自然的すぎた。なんと疑り深いやつだと笑ってくれてもよい。草原の民は、元来きわめて疑り深く、超常現象だのというものはまったく信じない」

「……」

「俺はノスフェラスでさまざまの不思議に出会って、大きくおのれの考えがゆらぐのを感じた。それでも俺は草原の騎馬の民だ。骨の髄までな」

スカールはほろ苦く笑った。

「それゆえ——おぬしの豹頭のことだの、おぬしの人間離れした能力のことだの、聞けばきくほどに疑わしく、どこかにからくりがあるのではないかと思っていたのだ。——だが、この数日間、ひそかにそっと見守っていたおぬしの行動は、俺の想像をこえていた」

「数日間、見守っていた——？」

するどい声が、グインの口から飛び出した。

スカールはうなづいた。

「そのとおりだ。いや、むろん、いかな我々でもそれほどまでにゴーラ軍の天幕に近づくような真似は出来なかったゆえ、遠くからわかる範囲のことをしか見てこなかったのも事実だ。だが、それでもう充分すぎるほどだったたと思う。おぬしは、俺がきいて疑っていた噂以上の存在だ。そのことに、俺はあらためて驚かされている。——おぬしのような人間がいたのだな。このことに、どれだけ驚いてもたりぬような驚きを感じている」

「………」

「それゆえ——俺は、二度目におぬしがイシュトヴァーンの天幕から脱走したのを知ったとき、思ったのだ。助けねばならぬ、と」

「俺を」

「そうだ。ケイロニアの豹頭の戦士グインを、助けて無事にケイロニアに帰す手伝いをしてやらねばならぬ。ひとつには、彼奴が——イシュトヴァーンがおぬしにきわめて執着している、ということもある。彼奴の鼻をあかし、彼奴の野望をくじき、彼奴を討ち取ることが俺のこの病みほうけた生涯最後にして最大の願いであってみれば」

「そうか……」

「いかにおぬしが偉大な戦士であっても、このルードの森にはいったいどのような脅威がひそんでいるか底が知れぬ。単身では、とうてい抜け出すことはかなうまいし、そもそも我々のように大自然とともにあることに馴染んでおらぬ者では、森を抜け出すことも難しかろう。ひとたびは、ゴーラ兵どものつけている目印を破壊して、ゴーラ軍をルードの森の中で迷わせ、全滅させてやろうか、という計略をすすめるものもあったのだが、それは俺がしりぞけた。イシュトヴァーンに恨みはあれ、それに付き従うゴーラの若者たちすべてを滅ぼすほどの非道は俺にはないからな。むろん、戦うときには、そのかぎりではないが」

「……………」

「俺は、元来、あまり多くを語ることを好まぬ」

ほっと吐息をもらして、スカールは疲れたように云った。

「だが、おぬしには、俺に出来うるかぎりおのれのことを語って、伝えて、理解してもらわねばならぬ、と思った。——おぬしにとっては俺はかつてのような颯爽たる草原の若武者でもなければ、かつて南の鷹と呼ばれたそんな英雄でもない。いまの俺はただの、わずかな部の民だけを従えた流浪の病人、ただの放浪者にしかすぎぬ。だが、このおのれの中にいまなお、イシュトヴァーンへのうらみと、そしておのれの誓いを果たすまではという思いだけがあつくもえさかり、それがいつ病み衰えて旅路に果てるとも不思議のないこの俺のからだを生かしている。その俺に出来ることがあれば——おぬしに出会ったことで、少しでも俺と、俺の部の民たちが、あらたな運命のひろがることへの手助けがかなうのであれば……」

いつしか、スカールの周囲に、影のように、ひげをぼうぼうとはやした、見るからに浮浪者じみた男たちが寄り集まってきていた。

スカールの足取りは止まっていた。そして、馬をひいて影のように木々のあいだを進んでいた男たちも、それをみて戻ってきたのだ。

「すまぬが……」

グインはいぶかしげに問うた。

「何回か話に出たなかでひとつだけ、どうあっても得心のゆかぬのが、その、太子の病、という話だ。——いったい、どのような病なのだ？　こうして顔を見ているかぎりでは、いったいどこがどう病であるのか、まったく見当もつかぬほどに、元気にも見えるのだが」

「それは、おぬしが何も知らぬからだよ、グインどの」

スカールはほろ苦く笑った。

「いまの俺の体はただの朽木を強引に、黒魔術によって生かしているようなものだ。もう、俺のからだには本来の生命は宿っておらぬ。それはもう、とくに——おそらくはリー・ファとともに消え去ってしまった。そのあと、今度はノスフェラス、という名の病が俺をむしばんだと魔道師はいうが、俺は信じぬ。——いや、おそらくそうかもしれぬが、それとてもリー・ファがともにあれば克服できた。いまの俺は何ひとつ、生きる目的も、いのちも持っておらぬ。だからこそ、病が俺をうちたおしたのだ。俺を動かしているものはたったひとつ、イシュトヴァーンへの妄執にも似た憎しみ、ただそれだけだ。それ以外には、俺にはもう何にもない」

「ノスフェラスという名の病……」

グインは話をしつこくそこにまた引き戻した。

「ノスフェラスならば、俺も行った。なぜ、ノスフェラスが、病になるのか、俺にはわからぬ」

「俺が、おぬしに会いたい、と思っていたのは、そのこともある。ひとつには、それもあるのだ」

言いかけて、スカールはふと耳をすました。グインには聞き分けられぬ仲間の合図が聞こえてきたらしかった。

「いかぬ。イシュトヴァーン軍は、俺に——とまではわからぬだろうが、おぬしか、おぬしを装った何者かにまかれ、たばかられたことにどうやら気付いて、もとの道に戻ろうとしているようだ。ここを離れよう。なるべく早く、ルードの森を抜け出すのだ。そのほうがいい——我々はおおびらに火をたき、かがり火を燃やすわけにもゆかぬ。また、ルードの森の夜が来るのだ」

3

ルードの夜——

すでに、そのことばのもつ意味は、グインにとっても、あまりにもまざまざと不吉になってきつつあった。

それはあまりにもえたいのしれぬ恐怖と脅威を底にはらんで重たかった。昼ならば安全というわけではないにしろ、これだけの人数の男たちがそろっていれば、多少は突然襲い掛かってくるルードの森の脅威に対しての防衛となる。だが、夜——はまたまったく別ものであった。

おそらくは、イシュトヴァーン軍の本隊もまた、何回かルードの森の夜をかさね、死霊やグールたちの襲撃をも受けて、その恐ろしさに対して慎重になっているのに違いない。かなり早くに、森の何ヶ所もから、かがり火とおぼしい煙があがりはじめ、ゴーラ軍が早くもせまりくるルードの夜に対してそなえをはじめていることが見てとれた。

いっぽう、その本隊から離れて、なおもいくつかの中隊、あるいは大隊が、グインの行方を執拗に探し回っているようだ。スカールはさらにいくつかの仲間の合図を聞きつけると、部下たちに、ただちにグインを護衛して移動を開始するよう命じた。

「馬に乗ってこの森を抜けるのは、我等のように本当に馬でいたるところを抜けてゆくのに馴れているものでなくては無理だ。ましておぬしはからだが大きい」

スカールは無愛想に説明した。

「おぬしの馬は部下にひかせる。すまぬが、かなり先を急がせるかもしれぬ。おぬしはかなり弱って、疲れているようだ。俺とてもこころもとないが――」

「その心配はいらぬ」

グインは手短かに答えた。

「俺はどちらにせよ、おのれひとりの力でこの夜をも、ゴーラ軍の探索をも切り抜けなくてはならぬところだった。こうして、ともに方向を教えてくれる道案内がいるというだけで、俺にとっては望外の幸運だ」

「そうか」

そのグインのことばには、スカールは大きくうなづいて、そうぶっきらぼうに答えただけだった。そのままかれらは、また木立のあいだに見え隠れしながら、さらにルードの森の奥深く――としかグインには感じられなかったのだが――分け入っていった。

スカールはだが、じっさいにはきわめてこまやかにグインに対して気を配り、神経を使っていることが、グインにははっきりと感じ取られた。スカールは自らも下馬しておのれの愛馬のくつわを自らとり、馬をいたわりながら木々のあいだのせまい道ともいえぬ道を、枝をはらい、下生えのあいだの石ころや木の根に対しながら進んでいたが、たえずグインがおのれのすぐかたわらにいるように気を配り、馬とともに、グインの進む道も少しでも楽になるよう、さりげなく枝をおしのけて待っていてくれたり、少しでも通りやすいすきまを探してくれたりした。そして、たえずあたりのようすにゆだんなく注意しながらも、グインを励ますように低く声をかけるのを忘れなかった。

この男は、一見豪放磊落な野武士のように見えるけれども、じっさいにはかなり繊細な注意力をもった、気持のはりつめた貴族的な魂をもつ男であるらしい、ということが、グインにもなんとなく感じられていた。そうでなくては、いかに部の民とはいいながら、このようなぼろぼろのありさまになりながら、なおかつ彼を慕い、信じてついてくる大勢の男たちがいるはずもなかったのだが。スカールの部の民たちは、スカールとこのようにしてつかず離れず行動することに馴れているらしく、木々のあいまを勝手におのれの通りやすい道を作ったり選んだりしてはくぐりぬけて進んでいって、いっこうにまわりの仲間たちやあるじを気にかけているようすもなかったが、それでいて、もしもいったんスカールからするどい命令が一声発せられようものなら、たちまちスカールの周囲にかたく円陣を作って彼を守りに集まってくるだろうことも察せられた。その意味でも、かなり、よく鍛えられた戦士たちの群であることも、グインにはわかった。おそらくまた、そうでなくては、いかに自由国境地帯や山岳地帯といえども、きびしい条件の下、あちこちの国家の軍勢や国境警備隊などの目をかいくぐって、これまで漂泊しつづけていることはできなかっただろう。

グインの耳目からは、まったく、近くにゴーラ軍が迫りつつある、というようなきざしは感じ取ることが出来なかった。ただ、ルードの森にまた夜が迫ってきて、ぶきみなオオカミの吠え声やグールらしいかすかな嘲笑などが聞こえ始めている、ということしかわからなかったが、スカールたち草原の騎馬の民たちは、ひとなみはずれてするどい聴力や視力を持っているのか、それともあちこちに放ってある斥候からの報告を受けるゆえか、グインには聞こえぬその気配を感じ取り、それから逃れながらしだいにルードの森のはずれの方向にむかっているようだった。

もう、あのグインをかりたてる「オーイ、オーイ」という声もきこえなかった。ルードの森はひっそりとまた夜を迎えようとしている。昨夜のあの不気味なゾンビーどもは一体何者だったのだろう――グインは、スカールにつづいて木の間がくれに歩きながら、ひそかに考えていた。それはどうあってもルードの森にもとから巣くっていたグールたちの仲間とも、グールとは別のあやしいルードの森の先住者とも思えなかった――むろん、あのあまりにもおぞましい見かけからいっても、中原の、文明の国家に存在するような魔物とも思われなかったが、あまりにもその出現は突然であり、それまでルードの森を何日かさまよっていてもまったくあらわれてこなかった、ということがなんとなくあやしげに思われた。

何者かが故意に放った、魔道によって生き返らされた呪われた死者たちだったのだろうか。だが、そのようなことが出来る者がいるとしたら、かなりとてつもない魔力をもった魔道師でしかありえないだろう。

（あの老人か――グラチウスといった）

一見はおかしなひょうきんな老人のようにしか見えなかった、あのぶきみな黒魔道師のことをグインは思い浮かべた。一見はそのようであっても、ちらちらとかいまみせる魔道の力らしきものは、確かにあなどれぬものがあったような気はする。だが、いずれにせよ、グインには、黒魔道も白魔道も想像の外、知識の外にあるもので、ただひたすら、（そんなこともありうるのだろうか）と推測してみることしか出来なかった。

（もどかしい）

目の前にいくえにもうすいヴェールをかけられて、それごしにものを見ているようなもどかしさが、どうしてもグインの心から抜けぬ。

（この男――）

どうせ、いつかは誰かを信じて、おのれを預けてみなくてはならぬのであったら、いっそ、ひと思いに、この突然あらわれた草原の騎馬の民の族長だという男、アルゴスの黒太子を名乗る黒づくめの男を信じて、かけてみるか、とも思いはする。かなり、信ずるに足る男であるはずだ、という直感はなくはない。

だが、イシュトヴァーンのときのことを思うと、おのれがいまどういう状態にあるのだ、ということをスカールにどこまで告げていいものかどうか、グインには、判断する材料もあまりにも少なすぎた。

(おそらく、悪い男ではないようだし——快男児かもしれぬし、それに、きわめて筋の通った《漢》ではあるようだが……しかし——)

(イシュトヴァーンへのあの憎しみ、妄執はたしかに、おのれ自身でいうとおり、常軌を逸したものがあるかもしれぬ——そして、そのような、常軌を逸したものを持ってしまっている人間というものは、かなり……その妄執にひきずられ、判断も狂う危険がなきにしもあらずと云えるかもしれぬ……)

(俺には、いまだに判断がつかぬ——イシュトヴァーンという男については、かなり、おのれの目でみていて、わかってきたつもりだが——それでも、イシュトヴァーンについても、全部を知ったとはとうてい言い難い——まして、いま、はじめて会ったばかりの……)

ひとは、どのようにして、決して全貌を知り得ない、他人のまことの心のありようを決めるのだろう。

おのれには、とうてい、そのように、簡単に他人を裁いたり、判断したり、切り捨てたりすることは出来ぬ——と、グインは思った。

そうこうする間にも、しだいに木立のあいだに闇は深さを増して、同時に遠く近く、ルードの森に特有のあの不気味な吠え声やえたいのしれぬうめき声なども、だんだん増えはじめている。

もう、おそろしく長いこと、何十日も、何百日も、このルードの森のなかをうろつきまわり、死霊やグールや怪物じみた妖魔どもとともに過ごしてきたようだ、とかすかにグインは思った。

そのときであった。

「もう少しだ」

するどい低い声が、スカールのひびわれたくちびるから発せられた。

「もう少しでルードの森を出る。——そうすれば、一気に見通しが開ける。馬にのり、ただちに少し夜の浅いあいだに遠がけして、ルードの森を離れておこう。ゴーラ軍は我等ほどこの森の地理に詳しくはない。きゃつらが、我等が森を抜けたことに気付いて、森林地域を抜け出すには、最低限この夜が明けてからでなくてはかなわぬはずだ。ましてきゃつらは人数も多い。きゃつらの馬は我等の馬ほどこのような森のなかを抜けることに馴れておらぬ。――この夜のあいだこそ、我等がやつらに水をあける最大の好機だ」

「わかった」

「おぬしは、話が早くていい」

スカールはにっとまた、ひげ面をほころばせた。スカールがそのようにしてグインにむかってにやりと笑いかけるのは五、六回目だったが、その笑みは、一回ごとにしだいに深くなってゆくように見えた。

かれらはまた、懸命に先を急いだ。スカールの命令がゆきわたっているのか、かれらは誰ひとりとして、たとえどれほど邪魔な枝があっても切り払ったり、折り取ったりする乱暴をしなかった。それをして、痕跡を残し、あとをつけられることを警戒しているようだった。また、馬たちはみをかまされているのだろう。馬によくある意味もないいななきやあがきをしなかったし、むろん騎馬の民たちもひっそりと黙り込んだまま、闇のなかを木々づたいに移動していった。これだけの武装した戦士たちが移動していることを悟ってか、グールたちも、またほかのあやしげなルードの森特有の妖魅どもも近づいてくる気配はない。

それでも、遠い木立のあいだに見え隠れに、青く光るグールの目とおぼしいものがきらめいたり、一瞬あのおぞましい息づかいのようなものがきこえたような気がしてグインをはっとさせたりした。だが、何もかれらをおびやかすまでにはいたらぬうちに、突然、目の前が、ぱっと開けた。

それだけで、ふいに、あたりがおそろしく明るくなったような気がするくらいだった。それほど唐突に、ルードの大森林は終わりをつげていた。木々はだんだんまばらになるのではなく、ぷっつりととぎれ、目の前には、明るいこうこうたる月に照らされた草原がひろがっていた。

瞬間、さしもの騎馬の民たちも歓声をあげかかるくらい、それは、はっとさせられる光景であった。そればかりではない。おそらく、草原の国に生まれ育った騎馬の民にとっては、このようなひろびろとした草原の風景くらい、見慣れた、心に懐かしいものはなかったのに違いない。

といったところで、グインには想像してみるしかないはるかな草原の光景には、ほどとおいものであっただろう。目の前は一気にひらけたので、最初おそろしく広いように見えたが、ちょっと目が慣れてくれば、じっさいには、なだらかな丘陵がちょっとひろがったさきにはもう、あちらの森のはずれの木々が黒々としずまっており、その彼方にはこんどは、高い山々のふもとがひろがっているのが見えた。それに、左右はどちらも、かなり山が迫っていて、どちらかといえば、それは草原というよりも、山々と深い森とにはさまれた、かなり広めの草地、とでもいったほうが正しかった。

それでも、おそろしく長いあいだルードの森の暗闇をさまよってきたように思われるかれらにとっては、それは、素晴しい景色であった。そよそよと、夜のすずやかな風に草々がなびいていた。こうこうと照る月影は、しんとしずまりかえったその草地に、青白い光をいっぱいに満たしていた。星々は山の端にふりしくようにまたたいていた。うしろをふりかえれば、そこには真っ暗な深いルードの森がまがまがしくしずまりかえっている。騎馬の民たちは、奇妙なしぐさをした。いっせいに、馬をおり、その草原にかがみこみ、額を大地におしつけるようにして、いわば大地を礼拝したのだ。それはあるいは、草原の民にだけ伝わる、古い風習であったのかもしれぬ。

「ユラ山地」

ゆっくりと、鞭をあげて、むかいにそびえるかなり高い山々を指し示しながら、スカールが低く云った。

「馬どもには、馴れぬ森のなかを歩かせてさんざん苦労をかけた。しばらくはこの草原で休ませてやりたいものだがそうもゆかぬ。ともあれ、いっとき休ませてからただちにユラ山系をめざす。――あの山々をこえれば、その彼方にユラニア北部がひろがる。さらにそこから、ナタール大森林を抜けてゆけば、おぬしを待つケイロニアがある」

「ケイロニア……」

グインは、思わず、我知らずかすかに身をふるわせた。そのことばのひびきが彼にもたらしたのは、せまりくる懐旧の情よりも、さらに深い恐怖と怯えであった。

スカールはちらりとそのグインのようすを見たが、あえてそれについては何もふれようとしなかった。

「俺がおぬしのために出来ることは、あと何がある？」

深い声の色で、スカールは静かに云った。黒いあやしい夜の影のように次々とルードの森のなかから、スカールの部下の草原の騎馬の民たちがあらわれる。みな、騎乗はせず、馬のくつわをとらえていたが、この草原に入ると静かなよろこびを全身にあらわし、また歓喜してはねだしそうになる馬をそっとくつわをおさえてなだめた。そして、それとなく、馬に草を食べさせたり、あのふしぎな礼拝のしぐさをして、ルードの森をぬけたことを祝福しあっているようだった。

「これでもう、俺の助力は充分だ、ということならば、俺はおぬしをここに置き去りにして、ふたたびルードの森の中に戻る。――今度こそ、きゃつを討ち果たすまで、俺はルードの森を離れるつもりはない。――だが、おぬしをイシュトヴァーンの魔手から救い出し、無事ケイロニアにかえすことも、俺にとっては大切な、神よりたまわった役割であるかもしれぬと思えてきた。おぬしはどう思う、俺に、あと何々をしてほしいと望む？　遠慮なく思ったとおりに云ってくれ。いまの俺はどこにもゆくところもなく、何もあてひとつない。俺が心に決めさえすれば、何もかも、そのとおりになる」

「……」

グインは月の光に照らされて青白く輝く草原を眺めやりながら、深い息をついた。

「――まだ、俺をあやぶんでいるか？　豹頭王よ」

スカールは、低く云った。

「俺の話が、それとも俺が信じられぬか？　ならば、それはそれでよいが」

「そうではない」

グインは、ほぞをかためた。

一瞬に決断を下すと、あとの判断は速かった。

「俺は、おぬしの助力がまだ当分必要だ。――イシュトヴァーンの陣中で、ケイロニア軍の遠征部隊が、この俺を救出すべく、自由国境地帯に出張ってきていると聞かされた。それにうまく会えればよいが、さもなくば、俺は単身そのいまおぬしのいったケイロニアへの長い道筋をたどることになろう。――しかもそれはユラニアをぬける道だとおぬしはいった。もしも、ゴーラ軍が俺をさらに追ってくれば」

「当然、追ってこようし、また、旧ユラニアに入れば、援軍も要請されよう。あのきゃつのおぬしへの執着ぶりを見れば、とうてい、ここでおぬしを諦めるとは思われぬ」

「俺は、イシュトヴァーンの手に落ちるわけにはゆかぬ」

グインは口重く云った。

「彼は、俺の身柄を人質に、ケイロニアとの交渉に入る、というような心底をもらした。彼のねらいが最終的にはどのようなことなのか、それは俺にはわからぬが、俺としては、そのようなぶざまな事態になるわけにはゆかぬ」

「確かにな」

　スカールはうすく笑った。

「それは、あまりにも、世界の英雄たる豹頭王グインらしくはない失態かもしれん」

「俺が英雄であるのかどうかは知らぬ。だが、いかにどうあれ数千人のゴーラ兵を相手に単身剣をふるってその窮地を切り抜けられる、と思うほどは、俺も自惚れてはおらぬ」

「おぬしなら、やるかもしれぬ、という気はしないでもないが」

　また、スカールは笑った。

「それに、それをいうならば、この俺がともにあろうとつまるところたかだか九十人内外の騎馬の民、数千人のゴーラ兵をあいてに何が出来ると嘲られれば同じことだ。だが、ともあれ、俺にはまずはおぬしをなんとかユラス山地へ逃がしてやることくらいは出来るかもしれぬ」

「それで充分だ。またユラニア領に入れば、かえって単身のほうがなんとかなる、ということも——」

「それは、なかろうな」

いくぶん皮肉そうにスカールは云った。

「他の人間ならそういう言い分もあろうが、おぬしではな。おぬしのその顔はあまりにも目立ちすぎる――というより、いま現在この世界で、その首から上が何を意味しているのか、知らぬものはただの一人としておらぬ。三歳の童子でさえ、知っているだろうよ。それについては、頭巾だので変装できるなどとあてにせぬほうがよいな。かえって、隠していれば異様に見えようし、ちょっとでも隠した頭巾のうちをのぞかれてしまえば、ただちにすべての意味が知れてしまおうからな」

「………」

「案ずるな」

スカールは云った。

「こう見えても俺は騎馬の民の長だ。長いあいだ、だてに中原の山岳地帯、自由国境をさすらいつづけてきたわけではない。いつか、イシュトヴァーンを討ち果たしてやろうとつけねらうがゆえに、俺は中原の地理をとりあえず、かなりの辺境までも、たなごころをさすように知り尽くすことにかなりの年月をかけた。イシュトヴァーンがどこに出没したときいても、最短距離でそこにかけつけられるようにな。討ち果たす最大の好機を逃さぬために、つねに俺は中原のどこにあっても、地理と地形にもっともあかるくなるようにとつとめていたのだ」

「ウーム……」

「ユラニアの北辺もその例外ではない。俺と俺の民ならば、なんとか無事にユラニア軍の目をくぐりぬけ、ケイロニア－ユラニア間の自由国境までおぬしを警護してやることは可能だろう。というか、俺と俺の民だけが、出来ることだろう。大人数のケイロニアの軍勢などはかえって人目にたつ。それと知れば当然、国境の侵犯を言い立ててイシュトヴァーンはケイロニア軍をうつための兵を出すだろう。それに対抗せんとすれば、ケイロニアとゴーラのあいだに戦端が切って落とされる。そうなれば——それこそ、ゴーラの思うつぼかもしれぬ。そのときにおぬしがゴーラ軍の人質となっていれば——」

スカールは考え考えこわいひげをさぐった。

「それが、きゃつの最終的なおもわくであったとしても、俺はちっとも驚かぬ。——きゃつは中原を征服したがっている。それがどのような意味をもつことがらであるかさえも知らぬままにな。——そして、きゃつはそのいまわしい野望をはたすためならば、どのような汚い手でも使うだろう。イシュトヴァーン——ゴーラのイシュトヴァーンとはそういう男だ。きゃつに信義はない。女子供を惨殺することもいとわぬ。いや、何ためらいを覚えることもない。また、神聖な誓いにそむき、祖国と誓った国を裏切り、もっとも尽くしてくれた味方をもその手で切り捨てることのできる男だ。要するに彼奴を一言でいうならば、裏切り者の卑劣漢だ。その上に、彼奴は流血と残虐とをもって人を支配できると信じ切っている。血に飢え、殺戮だけを信じ、おのれがひとをたやすく裏切るがゆえに裏切りにたえず怯えている。哀れな男だ——だが、生かしてはおけぬ男だ」

「……」

確かに、彼のしてきたことだけを見れば、そのように評価をうけてもやむをえぬところもあるのだろうとグインは思った。

だが、何かが、彼のなかにひっかかって、釈然としなかった。しかし彼はあえてスカールのことばに異を立てようとはしなかった。

「イシュトヴァーンの手に落ちるわけにはゆかぬ」

彼はゆっくりとそれだけまた繰り返した。

「また、この俺の救出が原因でケイロニア軍とゴーラ軍とのあいだに戦争をひきおこさせるわけにもゆかぬ。俺は」

「それは当然のことだろう」

スカールは大きくうなづいた。

「おぬしはケイロニア王だ。まことのよき王というものは、おのれゆえに部下達、祖国が流血のちまたにひきこまれることをよしとはすまい」

「そのとおりだ」

グインはゆっくりと云った。

「それゆえ、俺はこの場をなんとしても切り抜けねばならぬ——それも、なるべくなら、ケイロニアの救出軍の力を借りずにだ。ケイロニア軍には、なるべく早くユラニア領ではない、自由国境というのか、そこに出現してほしいが、いまはまだ、俺のほうからかれらの前に姿をみせるつもりはない」

「何だと」

いくぶん驚いたようにスカールは云った。

「では、どうするつもりだ？　ケイロニア王がケイロニアにまだ戻るつもりはない、というのか？」

「そうだ。俺は」

グインは考えた。

「俺は、パロを目指す。——目指さなくてはならぬわけがあるのだ」

「パロへ」

スカールは考えこむようにつぶやいた。

「パロだと。それは、俺には……」

それから、ややあって、にっとまた黒いこわいひげの口元をゆがめて微笑んだ。

「まあいい。おぬしがそういうからにはおぬしにはそうせねばならぬわけがあるのだ。

パロでも、かまわぬ。俺が警護して、おぬしを無事におぬしの望むところへ送ってやればいいのだろう」

「かまわぬのか？」

「俺がかまわぬといっている」

スカールはきっぱりと答えた。

「これも運命というものだ。俺はその運命を信じる」

「忝ない」

グインは云った。そして、つと、手をさしのべた。

スカールはじっとグインを見た。それから、手をさしのべて、のばされたグインの手を握った。

「これで、おぬしは、俺の盟友だ」

スカールは静かに、だがつよい意志をこめてはっきりと云った。

「俺は盟友はいのちにかえても裏切らぬ。おぬしは俺が守っておぬしの望むところへ送り届けよう。これは、黒太子スカールの約束だ」

4

青白く月光が照らしだす広くもない草原を、馬を並べて進むグインとスカール、それをおしつつむように騎乗したスカールの部の民たちは、ひたひたと進んでいった。

さすがに草原の民というべきか、森をはなれ、草原に出たあとの、かれらの騎乗ぶりはめざましかった。どの一人をとっても、鞍上人なく鞍下馬なし、というあの古いことばを思い出させる、みごとな騎乗術を身につけていた——というよりも、かれらは馬にのったまま生まれてきて、馬に乗ったまま死んでゆくあらたな生物なのではないか、とさえ思われた。

馬たちもまた、あきらかに、これまでグインが見てきた、ゴーラ軍の馬とは種類が違うのではないか、と思われるほどだった。いや、馬としての種類は明らかに大きさからして違っていたが、それ以上に、この騎馬の民の馬は、ただの、ひとを背中にのせて運搬するだけの動物ではなかった。それはグインに、ごく短いあいだではあったが、妖魔の狼王ウーラが変身した、高い知能をもつ馬の背にゆられてノスフェラスの砂漠を走った経験をまざまざと思い出させた。かれらの馬たちは明らかに人語をかなりの部分理解していたし、少なくとも、おのれにかけられる命令のひとつひとつは完全に理解していた。人馬が一体となった長く苦しい、つらい放浪の旅のあいだに、ずっと寝食をともにしているあいだに、それほどに気持が通いあうようになってしまったのかもしれぬ。この馬たちには、二度と同じ命令を繰り返す必要はなかったし、鞭をあてることも、拍車で腹を蹴ることもまったく必要ではなかった。かるく首すじを叩いてやり、低く声をかけてやるだけで、馬たちは完全に理解してその命令のとおりに動きだし、止まり、あるいは速度をあげたり下げたりした。

馬たちもまた、この月光の原っぱを抜けてゆくのが、この上もなくここちよさそうであった。これまで、おそらくは、馬たちも不平ひとついわずに耐えていはしたものの、暗くあやしいルードの森の奥深く、道らしいものもまともにない道を歩き、木々のあいまをくぐりぬけ、ぶきみなグールの遠吠えやあやしい気配におびやかされるのを、とても不快に思っていたのに違いない。

それが、ひろびろと目の前のひらけ、はてしなくそよぐ草がひろがる、風の吹き抜ける草原に出て、夜の深さにはかわりはなかったとはいえ、馬たちも、その鞍上にある人も、ともにひどくほっとしたようだった。グイン自身も、ルードの森を抜けたことに、思いもかけぬほどの安堵と快感とを覚えていた。なんといっても、妖魔の森と通称されるほどあって、この森のもつ威圧感とぶきみなえたいの知れぬ瘴気のようなもの、ひたひたと立ちのぼる不吉な気配、そしてたえず忍び寄る、これは気配でも錯覚でもない妖魔やグールの危険にはたえがたいほどのものがあった。

グインの巨軀をのせた草原の馬も、よくたえて、懸命に草原を速歩で歩いていた。月と星々はあるにせよかなり暗い夜であったし、遠くから人目にたたぬよう、松明を用意もしかねて、たがいを見失う危険をおそれねばならなかったので、あまり早く馬を走らせることは出来なかった。だが、かれらは、出来うるかぎりの速度で草をふみしだいてはるかなユラ山系を目指していた。

いまにも、うしろから、ルードの森をわらわらと飛び出してきた死霊どもや、グールの大群、それにも増して恐れるゴーラ軍の雄叫びが迫ってきそうで、それがかれらをかりたてていた。長い夜を、かれらは休もうともせずに馬を歩ませ続けた。

いつなんどき、うしろから追手がかかるのではないか、致命的なあの「オーイ、オーイ」という声が、しかもこんどは見晴らしのいい草原にむかって確信をもってかけられるのではないか、という思いが、いっそうかれらの足を急がせていた。スカールのいうとおり、たとえ騎馬の民がいかに剽悍であったとしても、数千人のゴーラ軍に追いすがられたとき、百人を割ってしまったという騎馬の民とスカール、それにグインだけでは、それを切り倒し、切り伏せてこの場の窮地を切り抜けることは不可能であっただろう。

また、スカールもグインも、そのような無用の殺戮は、たとえ可能であったとしても避けたい思いは共通していた。スカールにせよ、イシュトヴァーンにこそ恨み骨髄に徹しておれ、イシュトヴァーンに率いられたゴーラの若者たち、イシュトヴァーンによってこのようなはるかな異国の辺境への長い遠征へとかりたてられた若い兵士たちに対しては、何の含むところもなかったのだ。

かれらは夜を徹して、ほとんどことばもうかわさぬままに馬を急がせ続けた。ごく近くにあるようにみえたが、それはさすがに景色の詐術というもので、じっさいには、きわめて高いユラ山系は見かけよりずっと遠くにあった。かれらはひたひたと馬を歩ませ続けた——だが、ついに、まだ空がしらむにもかなり間のある刻限に、草原の草々のあいまに小さな泉が見えたとき、スカールは、「休憩!」という号令を下した。それ以上、続けて馬を急がせていては、馬が参ってしまう、と判断したのである。

すみやかに、一行は足をとめ、そしてただちに、騎手たちは馬から飛び降りた。そして、いかにも馬とともに暮らす草原の民らしく、すぐにそれぞれの馬をねぎらい、汗を拭ってやり、冷たく清冽な泉の水を飲ませてやり、そしてそのあたりに生えている新鮮な草を好きにはませるように、馬をはなしてやった。かれらの馬に限っては、手綱をといてそのへんにはなしてやっても、かけまわったり、また逃げてしまうようなおそれはまったくなく、馬たちもまるでこの騎馬の民のれっきとした人間の一員のような顔をして、それぞれに騎手をこそねぎらうように長い顔をすりよせ、そして水をうまそうに飲み、しずかにたたずんで草を食べていた。

「さすがに、おぬしの馬は、これ以上は続かぬようだ」

グインの乗っていた馬のひづめを調べていたスカールが云った。

「とりあえず、別のものの馬ととりかえておくが、いま我等の一行には、馬のかえがほとんどない。もとは母馬に子馬を生ませたり、それを行軍のあいだにも連れていって訓練したりもしていたのだが、それもかなりの世代交代があり、親馬が死んでまだ若い馬たちに乗り換えたもの、子馬だけに体力がなくて続かなかったもの、いろいろあって、いまは余分の馬がまったくなくなってしまった。——といって、また、このあたりで手に入るような馬は、我等騎馬の民が乗りつくすには、ふさわしくないものが多い。草原の馬と、このあたりの中原の馬というのは、ほとんど違った種類の動物といってもいいくらいなのだ」

「俺はかなりの重量があるので、すまぬことだ。馬にも申し訳がないな。まだしも、よろいかぶとをつけておらぬだけ、マシかとも思うのだが」

「おぬしは正直のところは、騎乗するには重すぎる。かなり選ばれた頑丈な草原の馬種でも、一頭ではせいぜい、一日の半分くらいおぬしを乗せて歩いたら翌日、その次くらい休ませてやらぬと、すぐに使い物にならなくなってしまうだろう。——本当をいうと、おぬしくらい体重のある者は、騎馬ではなく、馬車なり、戦車なりに乗るべきだとは思うが、ここでそういっていても仕方がない。それに、おぬしが歩いて我等がそれにあわせてゆっくり歩くのでは、たぶんゴーラ軍に追いつかれてしまうだろう」

「ゴーラ軍は、我々がルードの森を抜けたことに気付くだろうか」

「それはどうあっても遠からず気付かずにはおくまい。イシュトヴァーンとても凡骨というわけではない——それに、きゃつも自由国境で赤い街道の山賊として荒らしていた分、通常の軍勢よりもはるかに、こうした山地、森林などの抜け方にはたけている。普通の将軍では、あれだけの兵士をひきいてルードの森に入って、無事に生きて出てくることはまず不可能だろう。それは認めなくてはなるまい」

「そうか……」

「それに、きゃつらもさかんに斥候を放って周囲の情報を得ようとしているのを俺は見た。むろん、我等は影のようなものゆえ、それに発見されるようなへまはせぬが、通常の軍勢とはかなり違う編成や、兵の使い方、情報の集めかた——その意味では確かに、これまでの昔ながらの中原の軍勢とは一線を画しているのも本当だ」

スカールはぎらりと目を光らせた。

「だからこそ、俺は、いまのうちにきゃつを叩きつぶしておかねばならぬ、と思っている。——きゃつが、またアルセイスに戻り、力をつけ、国力をもあげ、軍勢をももっとさらに訓練を行き届かせていどんでくるとしたら、さしもの世界一の強国ケイロニアでも、なかなか手こずるかもしれぬ。まして相手は情け知らずの殺戮者であってみればな。──ケイロニアも、これまで長の年月、世界最強軍の名のもとに、一切他に侵略されることも侵略することもなくおさまりかえっている。いまもなお、世界最強であるかどうかは、わからぬかもしれんぞ──もっとも、おぬしが率いているかぎりは、おそらく世界最強の座は守られるのだろうが」

「いや、俺は──」

そのようなことは何ひとつ知らぬのだ、と言いかけて、グインはぐっとのみこんだ。

「ほどもなく夜があける」

スカールは、東のルードの森のほうを指し示した。

そこは、すでに黒々としずまる森の彼方の空をかすかに銀色と真紅に染めて、朝の訪れを予感するように明けかけている。グインとスカールは奇妙な緊張した目を見交わした。ふだんなら、この上もなく美しく、また祝福にみちて感じられるはずのその夜明けは、だが、いまの逃亡者たるかれらにとっては、ゴーラ兵に発見される危険がいちだんとたかまる明るさがやってくることを意味していた。

「行こう」

ふいに、スカールが、たまりかねたように立ち上がった。

「このままここで時間をつぶしていることはない。なるべく早くユラ山系に入れれば——ユラ山地はまた、深い山のなかになる。そうなれば、人数がかなり劣っていても、狭い崖沿いの道などにおびきよせれば同じことだ、あちらもいちどきには一列になってしか通れぬ。——だが、この見晴らしのいい草原では」

「ああ」

グインも立ち上がった。

「体が、辛いのではないか？」

「いや、俺はなんともないが——馬が気の毒だな。歩いたほうがいいか」

「いや、ユラ山地に入ってからは、いやでも歩いてもらわねばならぬ。それまでは、馬を次々とかえながらでも、とにかく距離を稼がなくてはならぬ」

スカールは、また、もっとも骨格のしっかりした馬に乗っている部下を選び出し、馬をグインに提供させた。最初の馬は持ち主にかえされ、馬も乗り手もともにひどく嬉しそうであった。

「こやつらはもう、長年にわたって俺のさすらいの旅についてきてくれている者ばかりだ。乗り手も、馬も」

スカールがつぶやくようにいった。そして、つかのまの休息の敷物にしていたぼろぼろの皮マントを肩にはねあげた。

「馬を失った乗り手は妻をなくした俺同様に気落ちし、乗り手が死んでしまうと馬はその場からどうしてもはなれようとせず、他の乗り手を拒否して餓死してしまう馬さえある。可愛いものだが、哀れなものさ。俺はこやつらをこのような世界の果ての果てまでの旅に引き出して、一生の負い目を負った。むろん俺はどこまでもそれを背負ってゆくつもりだが——いつ、俺たちはやすらぎの地を得るのだろう。そのようなときがはたしてくるのだろうか。誰も信じてはおるまいが」

「……」

グインは、なるべく負担をかけぬよう気にしながら、そっと、新しく供せられた馬にまたがった。

ふたたび逃避行がはじまった。もう、かなりあたりは明るくなりかけており、遠く西のユラ山系の山々のいただきはきらきらと朝日をうけて輝き、だが反対側の山ひだはまだおぼろげな紺青のなかに沈んでいるようだった。かれらはまた馬をかりたてながら、こんどはしきりと気にしてうしろをふりかえった。

かなりうしろのほうから、するどい指笛を吹き鳴らしながら馬をとばしてくる、小柄な騎手の姿があった。それへ、草原のものたちはそれぞれに指笛を返しあった。さながらそれは指笛で会話をしているようであったが、また事実そのとおりであったらしい。

「斥候が追いついた」

スカールが緊張した声をグインにかけた。

「案じていたが、やはりゴーラ軍は、どうやら我等がこちら側にむけてルードの森を抜けたことをかぎつけたようだ。急遽方向をかえて、しゃにむにルードの森を抜けるように、全軍が動き出した、といっている」

「来るか」

グインはつぶやいた。スカールはそのグインを目を細めて見つめた。

「来たら、迎え撃つおつもりか。グインどのは」

「やむを得なければ」

「そうあってこそ」

スカールが莞爾と微笑んだ。血に飢えたようすは微塵もなく、むしろ、生も死も突き抜けてしまったもののようにさえ見えた。

「だが、なるべくなら、無用の血は流したくない。——それに、われらも、もとは二千人の仲間で漂泊の旅に出、いくたびもの戦いやきびしい旅でここまでに仲間を失ってきた。この上一人たりとも死なせたくはない」

「わかる」

「出来ればなんとかユラ山地に飛び込んできゃつらをまきたい。ユラ山地に入ってしまえば、あるていどこちらのものだ、と思う」

「まかせる。スカール太子どの」

「スカール、と呼び捨てにしてくれてかまわぬ」

スカールの深い夜の色の目がじっとグインを見た。

「まだそのようなことをくだくだと云っているのか、と馬鹿にされるかもしれぬが——俺の死んだ妻、リー・ファは、俺のことを、いつも太子さま、と呼んだ。——もはやアルゴスの王太子でもなんでもなくなってからは、俺の部の民は俺のことを、長、と呼んでいる。——おぬしに、太子どの、と呼ばれたとき、何か、昔がかえってくるような気がした。——おぬしに、いつか、アルゴスの草原を見せたい。このような狭苦しい、猫の額ほどの草原とはくらべものにならぬ。どこからどこまで、見はるかすかぎりの草の海だ」

「俺は……」

いわれたとたんに、かすかに記憶のなかに、そのような場面がよみがえるような気がして、グインは首をふった。いまは、そうやって記憶の断片をつなぎあわせようとところみているような場合でもない。

「スカールさま！」

うしろから、ふたたびするどい指笛の音がして、一気にほかの馬を追い抜いて、スカールのかたわらに駈け寄ってきた騎馬があった。

「どうしたッ」

「あらわれました。ゴーラ軍です」

「来たか」

すでに、なかば以上、覚悟の上であった。

だが、グインと目をみかわしたスカールの面上に、かすかな身震いが走った。それはあるいは、宿敵がそれほどに身近に迫ったことへの嫌悪感であったかもしれないし、あるいは逆に闘志、殺意であったのかもしれなかった。

「いま、先頭が、ルードの森を出ます！」

「わかった」

スカールは馬上にのびあがるようにしてふりかえった。

「思ったより、かなり早く追いつかれた。いや、まだ追いつかれてはおらぬが」

スカールはつぶやいた。

「こういっては何だが、やはり、グインどのを乗せてだと、馬の足がはかどらぬ。——まだ、ゴーラ軍全員はなかなか追いつくにはいたるまいが、少なくとも、先陣のやつらには、我等の姿は見られたと思ったほうがいいな」

云わせも果てず——

まさに、スカールがそう言いかけた刹那であった。

「――！…………！」

何か、はっきりとは聞こえぬながら、激しい叫び声が、あとにしてきたルードの森のほうから、夜明けの風にのって、聞こえてきたのだ。

「スカールさま！」

「わかっている。俺にも、見えた」

スカールはさらにかさねて報告しようとする騎手にうなづきかけた。

「全員、ユラ山系をめざせ！」

いまは聞かれるおそれをもはばからず、スカールは凜と声を張った。

「俺はグインどののもろともしんがりをゆく！　五人、並んでついてこい。他のものは、どんどん先へ走ってユラ山系をめざせ。全速力！」

「は！」

二度、とは云わせぬ。

小気味よい機動力をみせて、ぼろぎれのかたまりのような騎馬の民たちが動き出した。これまでの速歩など、ただののんびりとした散歩にすぎなかったのか、というような勢いをみせて、いっせいに騎馬が飛び出してゆく。みるみる、速度をあげ、草をふみにじり、朝露を蹴散らして、どどどど――と草原を走りはじめる。

スカールはだが、あえて速度をあげなかった。

明らかに、グインをのせた馬だけが、他のものと同じ速度は出せない。グインの重量は、草原の騎馬の民のそれとはけたが違うのだ。それを乗せて、健気に気配を察したグインの馬も、速度をなんとかあげようとしはじめているが、明らかに、ほかのものの半分の速度も出ない。それにあわせて、スカールは、ぴたりとグインのかたわらについている。そのさらにまわりを、馬をめぐらせて、数人の騎馬の民が囲んだ。ゆるゆると追い立てるように馬を走らせてゆく。

「オーイ！　オーイ！」

風にのって——

かすかな、だがはっきりと聞き取れる声がきこえてきた。

同時に、明けてゆくルードの森のなかから、これは凶々しい鉄色のよろいかぶとをものものしく光らせた、馬も騎手もごついよろいに身を包んだ騎士たちが、あとからあとから飛び出してきた。じっさいには、どのくらいいたのか、おそろしくたくさん、あとからあとからわきだしてくるようにさえ見えた。

「走れ」

さらに、スカールは声を張った。

「なるべくたくさんのものがユラ山系に入れ。俺とグインどののことは案ずるな。追いつかれはせん」

「は！」

騎馬の民はいずれも寡黙に生まれついているのだろうか。それとも長く困難な漂泊の旅が、かれらから、多くのことばを語る力をさえ奪ったのだろうか。

かれらは、そのまま聞き返すこともなく馬をまっしぐらにかけさせてゆく。荒々しいひづめに草の花も踏みしだかれ、朝露がぱっと舞い散って銀色のしずくと散る。

「グインどの。どうした」

スカールは激しい声をあげた。

「駄目だ。馬が」

グインは答えるなり、いきなり馬から飛び降りた。

「グインどの！」

急に止まれず、スカールは馬をかけぬけさせてから、手綱をひきしぼって駆け戻ってくる。まわりの護衛に残った数人も、いっせいにあわてて大きくまわりこんで戻ってくる。グインの乗っていた馬は突然騎手を失い、とまどうようによろめきながら立ち止まった。そのまま、当惑したように立っている。

「速度が出ぬ。それに、馬が参りかけている。このまま俺が乗っているとつぶしてしまう。それでは、この馬のあるじに申し訳がたたぬ」

「馬の心配をしてくれるのは嬉しいが——」

スカールが苦笑した。そのまま、愛馬をぐるぐると、グインと乗り手を失った馬のまわりを輪にかけさせる。

「このままでは追いつかれるぞ！　別の馬を用意させるか。ともかく、ここにいては追いつかれる。もうあちらからは、我等のすがたは見えてしまっている」

「わかっている。だが——もういい。あとは俺がなんとかする。ユラ山系に入ってくれ。ここまでで充分だ」

「何をいっている」

スカールが、鼻であしらった。

「最初からここでおぬしを見捨てるほどなら、男のどうのと口はばったいことは云いはせぬ。——皆、戻れ！」

「どうするつもりだ。相手は五千人、九十人で立ち向かうつもりか」

「やむを得まい」

「よせ。もうルードの森を抜けさせてくれただけでおぬしには充分な恩義をこうむった。あとは俺が勝手に切り抜ける。俺をおいていってくれ。ユラ山系になんとかして俺も入れるようにする」

「ここからはまだ、男の足でも一日や二日はかかろうさ。馬ならば二ザン」

スカールは黒い太い眉を一直線になるほどしかめた。

「しかたない。ならば我等が盾になろう。我等がきゃつらをふせいでいるあいだに、おぬしがユラ山系に入るか、あるいはどこかに身を隠せるところを見つけるか——」

「この草原のどこにだ！」

グインとスカールはいまや、馬上と地面の上とで、ほとんど喧嘩腰で怒鳴りあっていた。

「ばかげた真似はよせ。おぬしには大望があるのだろう。イシュトヴァーンを討ち果たすまで、ここでゴーラ軍に討ち取られてはあまりにも無念が残ろう。きゃつらの目当ては俺一人だ。俺は殺されはせぬ。イシュトヴァーンが、俺をいけどりにしようと思っているかぎりはな。——俺を置いていってくれ、スカールどの。そして——」

グインはちょっと考えた。そして一気に叫んだ。

「ケイロニア軍を探してくれ。俺がどうしているかだけ伝えてやってくれ。俺は俺で——なんとか切り抜ける」

「問答無用！」

スカールは陽気に叫んだ。その目は笑っていた。彼は馬上ではるかルードの森の方角にむけて、すらりと腰の剣をぬきはなった。ルードの森の切れ目からは、いまや、不吉な死霊の群ででもあるかのように、あとからあとからわいて出たゴーラの騎士たちが、かたまりとなってこちらに追いすがってこようとしつつある。

第二話　カルラアの呼び声

1

その、一、二日前。

「ヴァレリウスさま」

ケイロニア軍の伝令が、ヴァレリウスのつかのま身をやすめていた天幕の垂れ幕の外から、そっと声をかけた。

「おやすみでございますか。——司令部が、ちょっとお知恵を拝借したいと申しておりますが」

「わかった。いまゆきます」

もとより、深い眠りにおちていたわけではなかった。ヴァレリウスはすぐに身をおこすと、身支度をした。

深い夜があたりを支配している。あたりは、すでに自由国境からユラニアに入りかけた、中原北部の深い森だ。ルードの森ほど凶々しくはないが、やはりこのあたりでも、すまう人の家や集落もなく、夜になればあたりは怖いほど重たい闇の中にとざされる。まして、かなり距離をとっているとはいえ、細い古い旧街道を見失わぬよう、旧ユラニア国境づたいに森のなかを北上してゆく難儀な旅であったから、あたりが見えなくなってからまで松明を頼りに進んでゆくのは、仲間を見失う危険もあれば、ユラニア国境の開拓民たちに気づかれ、その存在について通報される危険をつねにはらんでもいた。それでも、まだ、かつて旧ユラニア国境警備隊が切り開いた細いこころもとない旧街道が、国境にそってずっと北にむかってのぼっているだけでも、それまでに踏み越えてきたナタール大森林よりははるかに行軍は楽になってはいたのである。

ふわりと魔道師のマントを直すと、ヴァレリウスは風のように身軽に天幕の外に出た。ケイロニア軍の持参する天幕は、北方の国らしく、ゴーラやモンゴールで用いられている夜営用のそれよりもかなりごつい。軍のさいごに大型の軍馬にひかれて付き従う輜重部隊の荷車で、まとめて運ばれている、大きな分厚い毛皮を張った折り畳み式のもので、ゴーラの厚地のテント布で作られたものよりずっと頑丈である。それがなくては北方の夜間の寒さを少しでも防ぐことができぬ。

もっとも魔道師であるヴァレリウスにとっては、暑さ寒さをしのぐのも魔道師の修業のうちだったから、さしたる問題ではなかったが——

（おお）

ヴァレリウスはかすかに苦笑した。

（歌っているな）

このきびしい行軍に、ただ一羽ともなわれてきているひばり――なんとなく、いつのまにか、ヴァレリウスにも、そのような感慨が生まれてきている。

（本当に、すきさえあれば歌っている――すきがなくても歌っている。ひとが寝ているひまにさえ、あのひばりは歌っている。不思議な生物もあったものだ）

行軍しながら歌を歌うのは危険だから、やめろといわれると、では別行動にするといって、道をそれたり、先にいったり、遅れたりしてしまう。だが、彼を見失うことはありえなかった。彼のゆくところ、たまに疲れてだろう、歌がやむことはあっても、必ず半ザンとはしないうちにまた歌がはじまり、本当にひばりがさえずりつづけているかのように、朝から晩まで歌っているからだ。これほどに、歌の好きな生物が存在しようとは、さしものヴァレリウスにも想像もつかぬことだった。

（ただ、あまりにも完璧な兄上と比べて、駄目な弟、軟弱で何の責任もとろうとせぬ、何かあればただちに逃げ隠れてばかりの愚かな遊び人の性根もない若造、とばかり思っていたが……）

宮廷にあってこそ、そのままだったが、このきびしい北への旅に出てきてから、ヴァレリウスはしだいに、奇妙な心持にとらわれはじめている。こんなにも、朝起きた瞬間から、眠りにつくときまで、歌って、歌って、歌い続けているものが、いたのだろうか、という驚きにみちた心持。そしてまた、それ以上のもの。

(あのかたは……本当は、この変わった弟を――うらやんで、ねたんでいたのだろうか……)

そうかもしれぬ、といまにしてヴァレリウスは思う。

かつて、いまはなき彼の兄も、キタラの名手、歌の名手としてきこえていた。クリスタル・パレスきっての芸術家とさえよばれていた亡兄の美しい歌声や、素晴しいキタラの技倆を、いくたびも、ヴァレリウスもあるじの相伴で、クリスタル・パレスの舞踏会や宴席できいたことがある。

(素晴しい技倆であることも、素晴しい声の持ち主であることも、確かではあったが……でも、あれは――あのかたは、ひばりではなかった……)

だんだん、あの弟が、人間というより、ただの、ひとのすがたをしたひばりにしか見えなくなってきた、とヴァレリウスは苦笑しながら、かすかにどこからか、美しいが悲しげな歌声がひびいてくる野営地の天幕のあいだを抜けて、ケイロニア遠征軍の指揮官たちの本営とさだめられている、ひときわ大きい天幕のほうにむかっていった。歌は何か、この夜のふしぎなしずけさのことを歌っているらしい。

確かに美しい、というよりもまるで自然発生的に、風のさやけき音、せせらぎの音、そして小鳥の鳴き声のように、もとからそこにあったかのような気のする声ではある、とヴァレリウスは考えた。特に彼は何かの曲を作って歌ったり、はやりうたを歌うということでもないらしい。いや、むろん、しろといえばいくらでも喜んでそうするが、じっさいには、確かに「さえずっている」としかいいようのない感じで、ただ喋るかわりにそのことばを旋律にのせているかのように、あたりのもののこと、いまの心持のこと、この朝のこと、この夜のこと、この旅のこと、などを四六時中歌い上げているらしい。だからこそ、それはとどまることを知らぬのだろう。

(確かに、ああいうのがカルラアの種族というのだろう——ああいう存在がいるのだということは、俺は確かにまったく知らなかった。それは本当に認めなくてはならん……)

もっとも、クリスタル・パレスや、それ以前の難儀な年月のなかで、そのようなことを知ったところで、どうということにもなりはしなかっただろう。それまでのヴァレリウスの経てきた日々は、そんな、小鳥のさえずりに耳をかたむけて心をふっと和ませるような、そんなものではありはしなかった。

(だが——)

なんだか、なんという遠くまできてしまったのだろう、という思いが、この遠征では、ことのほかヴァレリウスには強い。

（いっときは……もう、おのれはただの抜けがら、生きていてもただ呼吸をし、死ぬときまでを待つだけの生ける屍にすぎぬとさえ、感じていたものを……）

いまなお、おのれの世界の中心を失ってしまった思いは、ヴァレリウスのなかに、消えたわけではない。ヴァレリウスにとっては、ヤーナの村の昏い夜明けにこの世界が終わってしまってから、まだ数ヵ月しかたっておらぬ。それほど早くに、忘れられるような出来事でもなく、それほどたやすく回復できる空虚でもなかった。

だが、その後、狂ったようにおのれをかりたてて一睡さえもしないほどに、ひたすらパロの内乱とそれにともなうあのさまざまな悲劇の後始末をしつづけてきた、あの苦しみにみちた日々から、気が付いたときには、おのれがひどく遠くにきている、と思うときがある。そう思うと、そのこと自体が、うしろめたいような、無念で胸がしめつけられるような思いを誘うけれども、それでいて、（ああ――）と深くどこかに納得するものがある。

（生きている、とは――こういうことなのだ。そして――死ぬとは、決してこうならぬこと……時は、死者の上にはもう流れることもないのだということ……）

どれほど、ともに、あのさいごの時にとどまっていたい、と望んだとしても、時は流れてゆき、そして、薄皮をはぐように、記憶はうすれてゆく。記憶も、いたみも――そしてまた、失われてゆくいたみへのいたみさえも。

「お待たせいたしました」

ふらりと、ヴァレリウスは天幕のなかにすべりこんだ。

すでにそこには、ケイロニア遠征軍の指揮官たち、金犬将軍ゼノン、黒竜将軍トール、そしてヴォルフ伯爵、ゼノンの副官ドルカス、といった面々が顔をそろえていた。そのおもてには、それぞれに緊張の色がみなぎっていた。何かただならぬ展開があったことが察せられるようすであった。

「何か、新展開がございましたか」

「おお、ヴァレリウスどの」

ヴォルフ伯爵があわただしく口をきった。

「さきほど、あのグラチウス導師がまた、われらのもとにあらわれ——そして知らせて下さったのです。グイン陛下が——」

「陛下の居場所が知れましたか」

ヴァレリウスはゼノンやトールたちの、いきごんだ顔を見回した。ヴォルフ伯がうなづいた。

「グラチウス導師は、われらのために先にノスフェラスまでもとび、陛下のありかをたずねていて下さったのですが——すでに、陛下はセム族の村にはおられぬ、ということが明らかになり、ひきつづいてずっとわれらが自由国境地帯を北上している間に、陛下の行方を探索していて下さいました。その結果、陛下はどうやらもう、ノスフェラスにはおられぬ——ケス河をどうやってか単身渡られ、この中原に戻られ——そして……」

「ルードの森におられる、と」

トールが緊張をおさえかねたような声で云った。ゼノンは黙って青い目を激しく輝かせながらトールとヴァレリウスを見比べた。

「ルードの森に？」

思わず、ヴァレリウスは眉をひそめた。

「しかし、ルードの森におられる、というのは——いうなれば、ノスフェラスにおられる、というのとあまりかわらぬくらい、広範囲な地域を意味しております。しかしノスフェラスよりさらに探しにくい。ルードの森のどのあたりで、グラチウス——導師は、陛下を発見されたのですか」

せっかく、ケイロニア軍の勇士たちが、たいそう偉い黒魔道師、として信頼していることでもあるので、ヴァレリウスとしては、ここでさらに、〈闇の司祭〉を信頼してはならぬ、などということを言い出して、ただでさえ難儀なこの旅をいっそう紛糾させたくはなかった。これまで、〈闇の司祭〉グラチウスとのあいだにさまざまないきさつのあるヴァレリウスとしては、当然、グラチウスは信用できない——黒魔道師であるのだから、白魔道師であるヴァレリウスが信用するわけはない、ということは別にしてさえだ――とかたく思い決めているが、魔道師などに馴れないケイロニアの勇士たちは、まったく行方のしれぬ、かれらの敬愛するケイロニア王を探し出すために、グラチウスの偉大な力が大きな助力となる、と信じている。

(その意味では――今度の遠征軍は、いっては何だが、いささか単純な人たちだからな……)

きっすいの武人であるトールやゼノンは当然のことだが、一応は指揮官としてつけられたはずの、ラサール侯の侯弟ヴォルフ伯爵アウスにせよ、あまりこまごまと知恵のまわるほうではないようだ、というのが、ヴァレリウスのひそかな意見だった。むろん、同行しているとはいっても、例の《草原のひばり》のほうは、ただ、一緒にそういう不可思議な生物を連れ歩いているというだけで、軍勢のために力になってくれるようなことは一切ないし、またそのようなことをあてにするからこそ、腹を立てたくもなるのだ、とは、これはもう、ヴァレリウスもよく心得ている。

(だが……本当は……)

ヴァレリウスのほうはもうちょっと、魔道についてもグラチウスについても知っている。グラチウスのようなやつが、わけもなくケイロニア王救出部隊にそこまで親身に手を貸すとも思っていないし、そもそも、グラチウスのような、確かに力のある黒魔道師が、おのれでたまにこの遠征軍にひょっこりと姿をあらわしては云うような程度にしか、グインについての情報を持っていない、とも思ってはいなかった。

(それどころか、もしそうなら、グラチウスとしてはとうていこんなところでうろうろしてはいられぬはずだ。まずは、ノスフェラスなり、ルードの森なり、グインどのを探すために自分の魔力を総動員してそっちに入り込みっぱなしになるだろう。それが、ああして、妙に落ち着きはらって、ころあいをみてはわれらの前に姿をあらわす、ということは……)

すでに、グラチウスは、とっくにグインを見つけているし、連絡もとれているし、もしかしたら、グインにはグインでまったく違うことをいって、両方をたばかっていいように操ろうとしているのではないのか、とヴァレリウスは疑っていた。ケイロニア軍にきかれれば、とてつもなくうたぐりぶかい人間、ということになるかもしれないが、それが、魔道師の思考方法だ、とヴァレリウスは思っている。

(俺の考えでは——グラチウスは、たぶんグイン王には、われわれの居場所や進行の状況を適当に潤色して告げ、われらにはグイン王のありかや状態を適当に都合のよさそうなところになると告げにあらわれながら、おのれがこの両方を操っているつもりなのに違いない。——そして、たぶん、おのれのもっとも都合のいい場所でわれわれを会わせようと思っているのだろう。俺がもっとも知りたいのは、グラチウスがそんな行動をとる理由だが……こればかりは、黒魔道師でないとわからぬかもしれぬが……）

グラチウスは、おそらく、何かグラチウスなりの野望にかかわるような理由で、グインが記憶を失っていては困るのだ、とヴァレリウスは推測していた。グインが記憶を失っている、という部分については、それはグラチウスがたばかっているのだ、と思ったことは、ヴァレリウスにはない。それはあまりにもとてつもないことすぎて、こしらえごとにはとても出来ぬと思う。

（だが、グラチウスが、純粋に人道上の理由でグインどのを救出し、記憶を取り戻させたい、などと思うわけがあるものか。――グラチウスは、グインどのの失われた記憶のなかに、何か、重大なおのれの野望への手がかりかなにかを見出したのだ。そして、それをどうあっても取り戻させたいと思っている。――それは、ノスフェラスにかかわるものかもしれぬし、あの、閉ざされてしまったヤヌスの塔の古代機械にまつわるものかもしれぬ。――だが、いずれにせよ、グラチウスは我々のような、グインどのゆかりの人間と会わせてなんとかしてグインどのの記憶を取り戻させたいのだろう――もしかしたら、グインどのの記憶が失われているのに乗じて、とうとうグインどのに、おのれのいうことをきくようにと言い含めるのに成功したりしているのかもしれぬ。だとしたらなおのこと、記憶を取り戻させて、おのれの中原征服だの、世界征服だのというばかげた野望のために役立つ何かを取り出したい、とか、そういうことを考えているんだろ

う）

なんだって、中原だの、世界だのを征服したいと思うものなどがいるのだろう、とヴァレリウスはひそかに肩をすくめたい気持で考えた。ヴァレリウスからみると、パロの宰相でさえ願い下げの重荷にすぎないのに、この上、中原だの、世界だのという巨大すぎるものを、おのれのものにしてどうしようというのか、と思える。

「それが、まだ、連絡をつけることは出来ぬ状況下にある、とグラチウスどのは云われるのです」

ヴォルフ伯はためらいがちに云った。

「いまや、陛下は非常に危険な状況にあられる、と。——それをきいて、トール将軍もゼノン将軍も、今宵があけるまでじっとしていることがとても辛いとおおせになるので——しかし、ヴァレリウスどのにはかたく、何があろうと夜間の行軍はひかえたほうがいいというご忠告をお受けしておりますし……それで、思いあまってお休みのところをお呼びたてしたようなわけなのですが……」

「陛下が、非常に危険な状況に。ルードの森の中で」

ヴァレリウスは鋭く云った。

「それは、どのような」

「それが……」

ヴォルフ伯は口ごもり、ゼノンをみた。もとよりゼノンは非常に口下手を苦にしてほとんど口をきかぬ。トールが仕方なさそうに説明した。

「まことか嘘か——しかしグラチウスどのがそういわれるからには、まことかもしれぬと思うのですが、グイン陛下は——ルードの森で、ゴーラ軍の手に落ちている、と、グラチウスどのが」

「ゴーラ軍？」

「しかもイシュトヴァーン王当人の手に」

「何ですと」

ヴァレリウスは珍しく大きな声を出した。ヴォルフ伯はちょっとびくっと身をちぢめた。

「いや、これは、あくまでもグラチウスどののおっしゃったことなので……われらの斥候が確認したわけではありません。そもそも、ルードの森といってもとてつもなく広いので、そのどのあたりでそういうことになっているのかも、空から確認しただけでよくわからぬ、とグラチウスどのはおっしゃるので……」

「空から確認？　それもまた、だいぶん妙な話ですが……」

「妙かどうかは……そもそも、空をとんで、あっという間にルードの森に達せられる、というようなことそのものが、われらからみると、あやしげな魔道そのものでして…

……」

トールは苦笑いした。

「しかし、まことにイシュトヴァーン王みずから率いるゴーラ軍が陛下の身柄をとらえたのだとすると……かなり、これは、陛下を取り戻すために、面倒なことになるのではないかと思うのですが。われらはあくまで、陛下のおからだを救出する、という任務をおびてはおりますが、そのためにゴーラと戦いがはじまる、というようなことになると――我々の一存ではとうてい決められぬほどに大きなことになってしまいますので……」

「ケイロニアの――いや、サイロンのアキレウス陛下には、お知らせは？」

「それも、ヴァレリウスどのにご相談したく。――いますぐ使者をサイロンにむかって出発させたとしても、それがサイロンにつき、大帝陛下にご報告申し上げ、もしも万一このグラチウスどののことばがまことであったら、どのように対処すればよいか、力づくでもグイン陛下を取り戻すべく、われらの一存でゴーラ軍とのあいだに戦闘状態に入ってもいいものかどうか、その論議をいただいて、その結果のあらたな御命令をもった使者がここまでわれわれを探し当てて追いかけてくるのを待つまでに、どれほど早くとも十日以上はかかってしまいましょう。それでは急場の用にはまったく間に合わない」

「しかし、ヴァレリウスどののひきいておられる魔道師部隊であれば、もうちょっと早く――」

「もちろんです」

ヴァレリウスは、かれらの云いたいことを察して大きくうなづいた。

「魔道師をサイロンに《閉じた空間》で派遣し、ご報告し、御命令をいただいて戻らせる分には、われらの居場所がわからなくなってうろうろすることもありませんし、そうですね……一番、手練れのものを派遣すれば、三日ですみましょう。むろんサイロンで論議にかかる時間は別ですが――一番の手練れでないものでも、普通人の半分の五日内外では、往復できると思います。それでも、五日はかかってしまうのはまぬかれませんが」

「われらは、迷っているのです」

トールはちらとヴォルフ伯を見て、云った。

「自分などは、それはもう単純な武人ですから、そうときけばただちに血が騒ぎます。何故にイシュトヴァーン王がこのような辺境のルードの森の中にまで出張ってきたのか、もうひとつわかりませんが、もしかしてグイン陛下がルードの森に出現した、というのをきいて、最初から陛下目当てで兵を出したのかもしれない。だとしたら、陛下がイシュトヴァーン王にとらわれて、この人数の軍勢では手出しできぬような安全な場所――ゴーラ軍にとってですよ、イシュタールとか、そういうところに連れ去られてしまわぬうちに、何がなんでもこの北部の森で陛下を取り戻さないと――」

トールはちょっと息をついた。

「ゴーラ全軍を敵にまわしては、いかな我々でも――また、我々の一存で、ゴーラ対ケイロニアの全面戦争を開戦してしまう、ということは、さすがに――そうでなくとも、イシュトヴァーン王の軍勢、というのがいったい、どのくらいの人数なのか、どのていどの装備をしているのか、なぜこんなところをうろついていたのか、皆目分からないので、非常に皆不安に思っております。それについても、もしも、宰相のお知恵を拝借できればと……」

「いや、私は、ゴーラ軍の動静などということについては、まったく何の知識もありませんでした」

ヴァレリウスは考えに沈みながら云った。

「しかし、それはのっぴきならぬことではありますね。――むろん、お時間を少し頂戴できれば、ただちに私の配下の魔道師を斥候に出して、この情報の真偽を探らせます。いや、いますぐその作業にはかかったほうがよいでしょう。しばし、お待ちを」

ヴァレリウスは目をとじ、心話で、同行している魔道師部隊の部下たちにいくつかの命令を伝えた。

ヴァレリウスがそうしているあいだ、ケイロニアの将軍たちは、神妙な、あるいは玄妙な顔をして、そのようすを見守って、邪魔せぬようにつとめてひっそりとしているようすだった。ケイロニア人たちにとっては、いまだに、パロの魔道師文化がおこなうことは、グラチウスの黒魔道師としての行動に負けず劣らず奇妙でもあれば、あやしげでもあれば、半信半疑でもあったのである。

「――おそらく、少ししたら、私の配下が何らかの報告はもってくるでしょう。しかし、ルードの森はとてつもなく広いですし、私の部下たちはとうてい〈闇の司祭〉どののような力はもっておりませんから、それほど早くはないかもしれませんが」

ヴァレリウスはグラチウスについての言葉に、いささかの嫌味をこめるのはどうしてもやめられなかった。

「しかし、まことにグイン陛下がルードの森でイシュトヴァーン王の手に落ちた、ということであれば、これはきわめて由々しきことです。それは、イシュトヴァーン王のさしのべたゴーラ軍の配下の手に、ということではなく、イシュトヴァーン王本人の手に、ということなのでしょうね？」

「と、グラチウス導師は云っておられたのですが……」

「そういうことだよ」

突然、天幕の中に、黒いもやもやが出現したので、相当こういうことには馴れてきたはずのケイロニア遠征軍の面々も思わず叫び声をあげかけた。

グラチウスが、白い長い道着の上に、黒いそでなしの長い上着を羽織った格好で、まがりくねった杖をもって運命神ヤーンさながらに出現したのだ。

「また、そういうことを」

怒ってヴァレリウスは云った。

「何回云ったらわかるんです。あなたは確かに白魔道の魔道十二条に縛られる必要はない黒魔道師かもしれないが、それにしても悪趣味すぎますよ。一般人の前にそのようなな」

「いいじゃないか」

グラチウスは言い返した。そして、それどころではないのだ、といいたげに、しわぶかいまぶたの下の目をぎょろつかせた。

2

「わしは、見てきたのだよ」

グラチウスは、目をぎょろぎょろさせながら、ケイロニア軍の幹部たちを見回した。

「グインは、イシュトヴァーンの手に落ちている。何回か、逃げだそうとしかけたのだがな。また、もうちょっと警備がきびしくなかったら、なんとか、わしも手引きして逃亡させてやろうとしはしたのだが……あいにくと、さすがにイシュトヴァーン王自らの率いる軍勢だけあって、警護があまりにも厳しくてな。ここで、単身で騒ぎをおこしても、あのでかいのを連れて逃げ切れるものではないだろうと、涙をのんで、救出をあきらめ、そのかわりにただちにおぬしらのもとに情報を持ってかけつけた、というわけだ。いやあ、それにしても、首尾よく探し出せてよかった。まだ、最初はノスフェラスの砂漠の、セム族の村で病を養っているとばかり思ったからな。よかったよかった、とにかく行方だけでもすぐにわかって」

「行方がわかったといっていいのかどうか、知れたもんじゃありませんがね」

ヴァレリウスは手厳しく決めつけた。

「ルードの森の中といったところで、あれだけ広い場所ですよ。ここからだって、うかうかとは移動できない。かりにあなたに先導してもらって、われわれがなんとかルードの森にわけいり、その場所にたどりついたとしたところで、それまでゴーラ軍がそこにじっとしているとはとても思えない。あんな奇怪なところにずっととどまっているのはグールだけだといいますからね。われわれが追いかけてやっと最初に教えられたところにたどりついたときには、もうゴーラ軍のほうがルードの森を抜け出している、というようなことになるのが関の山なんじゃないんですか」

「その可能性もおおいにあるが……」

グラチウスは珍しく、そのヴァレリウスのことばにそれほどあらがいもせずに答えた。

「しかしそういっていてもしょうがないじゃろ。それに、どちらにせよゴーラ軍はルードの森を抜け出そうとしてあがいている。豹頭王を連れて、はじめはトーラスにむかっていたが、いまはそれもやめて一気にイシュタールへまで長駆もどろうと考えているようだ。まあ、それが一番安全といえば安全にグインを幽閉する場所だろうと判断したんだろうが……」

「陛下を、イシュタールに幽閉」

トールが叫んだ。

「おお。そんなことになったら大変だ」

「まさしく」

グラチウスは得たりとばかりに、

「だから、なんとかして、いまのうちにグインを救出しなくてはならん」

「それはまさにおおせのとおりです」

口の重いゼノンまでも、興奮したようすで身をのりだす。ヴァレリウスはひそかに眉に唾をつけたい心地で、そっとグラチウスのようすを眺めていた。

「どうして、いまになって、はじめてグインどのの居場所がわかったんです？　もしも、最初にノスフェラスでセム族の村にいることがわかっており、それからグインどのがルードの森に移動して、イシュトヴァーン王の手に落ちた、ということがわかっているのだったら、その間の動きはすべて、老師にはお見通しだったのではないんですか？」

そう、口に出してとっちめてやりたい気持は山々なのだが、いまここでそれを言い出しても、どうせグラチウスのことだ。何かまたぬけぬけとした言い抜けをはじめるだろうし、それをきいてかんをたてるのはおのれ一人、ケイロニアの善良な武人たちのほうは、そんなことよりともかくひたすらかれらの敬愛する王を取り戻すことに血眼になっていて、たとえグラチウスがどれほど悪だくみをたくらんでいようと、王の居場所を教えてくれるほうがありがたい、としか思わぬだろう。

（どうも、うさんくさいな……）

とりあえず、おのれがずっと目を離さずにおけば、多少のおさえにはなるか、と思ってここまできたが、要所要所にあやしくすがたをあらわしてあれこれと《情報》を告げに来るグラチウスを見ていると、どうしても、ヴァレリウスには、それに従って北に、東にと動かされるケイロニア軍が、グラチウスのいいように動かされるボッカの駒のように感じられてしまう。

といっても、ヴァレリウスはあくまでも、この部隊の客員にすぎぬことを忘れたわけではなかった。

（見ていろ。絶対、お前は最初から最後まで、グインどのの動静などすべて知り尽くし、見張り続けていたのだ。それを、こうしておりおりにころはよしと見て少しづつ情報をもらしては、我々をどこかに引っ張ってゆこうとしている。絶対に、お前には何かのたくらみがあるのだ。そのたくらみを、さいごのさいごにこの俺がすっぱ抜いて思い知らせてやるぞ——）

ともかくもグインに出会うことさえできれば、それだけで、グラチウスの利用価値はあったと云わなくてはならぬだろう。

ひそかな思いでじっとグラチウスを見つめているヴァレリウスの昏い目を、グラチウスは、（お前の考えていることなど、すべてお見通しだぞ、この木っ端魔道師が）と云っているのと同じ、驕慢な目つきで見返して、ニヤリと皺深い口元をゆるめた。だがその顔つきは瞬時にまた、いかにも心配そうな善良そうな、ヴァレリウスがその尻っぺたを蹴飛ばしたくなるような表情にかわる。

「ともかくいますぐゆかねば、王の身が危ない。イシュトヴァーン王は、実はグインどのが、モンゴールの反乱軍と手をくみ、ゴーラを討つためにノスフェラスに派遣されていたのではないか、と疑っているようなのだ。それを糾明するためにイシュタールにグインどのをともない、手きびしい拷問にかけて真実を吐かせようとたくらんでいる。イシュタールに入られてしまったら、それこそケイロニアの国威をかけての戦いがはじまってしまう。だが、そうなる前になんとしてでもグインどのを奪還せぬと」

「そのゴーラ軍はどのくらいの人数です」

ヴァレリウスは鋭く声をかけた。グラチウスはじろりとヴァレリウスを見返した。

「ざっと一万、いや、一万四千はこえよう」

フクロウのようなとぼけた顔で答える。それをきくなり、ゼノンとトールのおもてに動揺が走った。

「一万——四千!」

「そんな大軍がよく、あの狭い木々の密生したルードの森を通れるものですな」

「きゃつらは馴れているからな。歩兵たちが木々を切りひらき、騎士たちの進む道を造りながら進んでいる。それゆえ、進む速度はのろいが、人数が多いので切り開くのも早い」

「それはまた――」

「そうだ。よいことがある」

グラチウスが、熱意を声にあらわして叫ぶようにいった。

「いますぐ、わしが、サイロンに飛んで進ぜよう。わしが《閉じた空間》を使ってゆけば、ものの二日あれば充分にいって帰ってこられる。いますぐ、増兵をアキレウス陛下にお願いするのだ。なにしろ敵は一万四千の大軍だ。こちらはわずか三千人、兵力では四分の一を下回る。これでは、とうてい、グインどのを奪還することは出来まい。いますぐ、サイロンにおもむき、援軍を頼もう。さすれば、本隊が首尾よくルードの森でグイン陛下を捜し当てて、ゴーラ軍と戦端を開かざるを得ぬということになっても、場所はルードの森だ。そうそうかんたんには決着がつくまい。その間に、今度はわしが全面的に道を教えてやるから、一万なり二万なりもっとなりのケイロニア軍の援軍がかけつけて――」

「老師のいわれることをうかがっておりますと」

ついにたまりかねて、ヴァレリウスは口をはさんだ。

「いや、失礼。それがしはただの客員で、このたびの遠征については、あくまでもただケイロニアのかたがたのお手助けをしているにすぎない身ではございますが、それにしても、老師のおっしゃるおことばをうかがっておりますと、まるで、どうもなんだか、老師は、ケイロニアとゴーラとのあいだに戦端が開かれること――それも、こぜりあいではなく、国と国の興亡をかけての、長いあいだ続く決定的な大戦争の幕が切って落とされることを望んでもおられるかのような感じがいたしてなりませんね」

「……」

グラチウスは、白い目をむいて、何を言い出すのだ、と憤慨するようにヴァレリウスをにらみつけた。

「おかしな言いがかりを」

老魔道師はいくぶん甲高い声で云った。

「このわしが、そのような真似をしていったい、どんな得をするというのじゃね。馬鹿も休み休みいっていただきたい。わしのこの、ケイロニア王、豹頭のグインどのを救出したい、という気持はきわめて純粋なもので、そこには何の他意もない。のう、武官の方々、この男のいうことはお気にかけないでいただきたいものじゃ。この男はそもそも、魔道師としてのわしの名声をかねてからねたんでいたのだ。おのれはいまだ百年も生きてはおらぬ青い若造で、とうてい八百年から生きてきたこのわしにかなうべくもないのを棚に上げ、わしのなしとげてきた業績をねたみ、少しでもそれにけちをつけようとするまいことか、ついにはわしのこの純粋な善意とケイロニア王へのあふれる好意からの申し出をさえ、このように歪曲して皆さんに疑いをもたせようとするのだ。もしも諸君がわしの言葉を疑うというのなら、誰か一人、諸君が絶対に信用できるというものをつれて、《閉じた空間》の術を使い、ルードの森へおもむいて、じっさいにいまそこがどうなっているのか、そこでどのようなことがおこっているのか、それをそのものに証人として見せてやってもよろしいぞ。そうしたら、いかなこの魔道師でも、ぐうの音も出まいからな。わしの善意と底抜けの好意に、だな」

「……………」

そうきたか、と思いながら、ヴァレリウスは肩をすくめた。そしてもう何も云わなかった。

トールとゼノン、それに副将たちとヴォルフ伯たちは顔を見合わせた。だが、かれらにはとうてい、魔道師どうしのこんなやりとりのどちらが正当でどちらが裏があるのか、などということは、判断がつけられなかったし、また、ヴァレリウスを信頼していないわけではなかったが、グラチウスの魔力の偉大さのほうはいくたびとなく実地にそのあやしい出現や消滅を見せられて、思い知っている。どう答えたらいいかわからぬ、というのが、かれらのもっとも正直な心境であっただろう。

そのようすをみて、グラチウスはすばやく云った。

「大事ない。ともかく、援軍を要請することについては、急がずともよい。だが、いざとなったとき、吠え面をかくことのないよう、ともかく、わしが信用できぬなら、この若造の部下のさらにどうしようもない木っ端魔道師でも、サイロンにさしむけてとにかく極力早くこの状態の報告をして、いざというとき援軍がただちに到着できるようしておいてもらうことだ。たしか、サルデス侯騎士団がただちに進発すべく、サルデス国境だか、ランゴバルド国境に待機していたはずじゃな。ランゴバルドからなら、大幅に道のりを短縮できる。サルデス国境に待たせてあったのなら、それをとりあえずランゴバルドまで進発させたところでどうという影響もあるまい。いずれにせよ、そうやってただちに援軍を送り込める態勢にしておいてもらうことなど、べつだんわしの悪だくみでもなんでもなかろうよ。ごくごく自然ななりゆきにすぎぬはずだ、のう、そうではないか？」

「それは、むろん、そのとおりだと思います」

ためらいがちにトールが云った。

「何も、導師がおおせにならなくても、われわれの軍議でおそらくまったく同じ結論には達したはずのことで……」

「だったら、何も、わしの責任がどうの、わしのわるだくみがどうの、中原征服がどうの、と言い出すことはあるまいさ、この木っ端魔道師のようにな」

グラチウスはずるそうにヴァレリウスを見た。

〈誰が、中原征服のことなんか、口に出したというのだ。語るに落ちたな、〈闇の司祭〉〉

ひそかに、ヴァレリウスは思ったが、もう何もあえて口に出そうとはしなかった。

「ならば問題はない。わしがちょっと目をはなしているあいだに、グインどのとゴーラ王がいったいどこまで動いたか、どうなってしまったか、わしはこれからまた、とても危険でおぞましい魔境であるルードの森に単身、危険をかえりみずにわけいってあらたな情報を得てくるよ。どうあれ今夜は移動は不可能だろうし、だが、ルードの森に一刻も早く到着するためには、そろそろ道を北東にとり、早くユラニア北部を横切ってルードの森地帯に入ることだ。このままのろのろ北上しておれば、たぶん、グインどのはゴーラ軍の手でイシュタールに連れ去られてしまう、さすれば、いまわしがいっていることなどよりもっとずっとおおごとのいくさにならねば、グインどのは救出できぬぞ。それればかりか、なにせあの非道のイシュトヴァーン王のことだ。グインどのを人質にして、ケイロニアに対して、戦さを中止せよとの要求をつきつけてくることは必定」

「それは——確かに……」

目にみえて、ゼノンたちのおもてに動揺が走った。

「まさに、ゴーラ軍とは——イシュトヴァーン王とはそのようなことを考えるやからでありましょうかと……」

「だから、今なのだよ」

グラチウスは力説した。そしてもう、ヴァレリウスが白い目で見ていることも気にとめないふりをした。

「とにかく、少しも早くグインどのを救出することだ！　でないと、こんどは、いま一万四千のゴーラ軍に、さらにイシュタールからの援軍が合流して、二万、三万をこえてしまう！　三千の兵とわずかばかりの木っ端魔道師とで、どうやって、三万、四万の兵を相手にするつもりだ？　いかにケイロニア軍が世界最強だとはいえ……まして、グイン王の采配はないままでだ！」

「……………」

「……………」

ゼノンとトール、それに副将たちはみな暗澹としたおももちになった。グラチウスはここぞとばかり云いつのった。

「だから、本当は、わしがもう一回イシュトヴァーン軍のいまの居場所と動線を確認してから、ただちにサイロンにとぶのがもっともよいのだよ。──そして、ともかく、この軍はルードの森に直行することだ。でないと、大変なことになる。グインどのの身に危険が及ぼうとしているのだぞ。詳細は云えぬが、ごく近いうちにグインどのの身の上に非常に大きな危険が迫っている。それはどういうことなのだ、といわれても、それは云えぬ、これは魔道で見た未来だからな。だが、それはとても大きな危険だ。だから、とにかく少しも早く」

「それは——もう」

「もちろん……我々とてもそのために、こうしていのちをなげうって遠征に参加しているのでありますから……」

「そうとも」

グラチウスは狡猾そうにうなづいた。

「グインを救出して戻れなくては、ここまで苦しい遠征をかさねてきた意味がない。だが、安心するがいい。わしがついとるよ。わしがみな、必要な情報は提供してやろう。おぬしらはただ、わしを信頼して、わしのいうとおりに動いていればいいのだ。そうすれば、必ず、グインどののもとにたどりつけるし、グインどのを救出できる。そう信じているがいい」

「……」

ゼノンとトールが、なんとなく困ったような、だが感ずるところのあったような奇妙なおももちでうなづくのをあとにして、そっとヴァレリウスはかるい会釈だけをして、影のように天幕から抜け出した。

まだ軍議は続くようだったが、この上おのれがそこにいてもしかたないだろうと思ったし、それに、うかつに《閉じた空間》を使って出入りして、グラチウスと張り合っているように見えることも、また、魔道師という種族をいっそう奇妙な、人間ばなれしたものとしてケイロニアの人びとに印象づけてしまうことも気になった。グラチウスに対しては、ケイロニアの素朴な武人たちはすでに、(超人)という印象をもって、その分いささかうさんくさいと思いつつも、感嘆これ久しゅうしているようだ。それもまた、グラチウスの術のうちというものだろう。

(あのおやじめ。——語るに落ちるとはこのことだ。きゃつは、どうあっても、ケイロニアとゴーラのあいだに全面戦争をはじめさせたいのだ。どうしてかまでは、わからないが——まさか、グインどののこの失踪までは、きゃつのせいではないだろうが……いや、それも、わかったものではない、案外、裏にまわればどんな糸をひいていたのか、知れたものではないかもしれないが……)

(きゃつはいつも、中原に戦火をひろげたい、と望んでいる。ユラニアとケイロニア、ゴーラとパロ、パロとケイロニア、ケイロニアとゴーラ。——どうしてかはわかるようでもあり、わからぬようでもあるが……俺は黒魔道師ではないからな。おそらくは、きゃつにとっては、中原がたえず、巨大な戦争の現場として、あちこちで流血がおこなわれている状態が都合がいいのだ。流血と戦争のまっただなかにある人間たちというものは、おそらくきわめて操りやすい状態にある上に、きゃつの望んでいる大量のエネルギーがたえず放出されている状態にある。――が、もちろんそれだけではないだろう。平和におさまっている国には、黒魔道のつけいる余地がない。だが、戦火のまっただなかにある国家には、ああいうあやしい魔道がつけいるすきがいくらでもある。――それはもう明白だし、きゃつがもう長いことずっと、グインどのの想像を絶するエネルギーをおのれのものにしたくて、あとからあとからつまらぬ小細工を弄してグインどのをおのがものにしようとしつづけてきたことも明らかだが、わからぬのは、やはりきゃつの最終的な目的だ。――アモンはああして追い払われた。アモンの存在はきゃつにとってはなかなか目障りだったようだが、アモンが、グインどののいのちをかけた戦いによってパロから追い払われたいまとなっては、きゃつは――いまこそ、おのれが中原を征服する番だ、とでも思っているのか？　いまだに、きゃつはそんなばかげた世界征服の野望などというものを持っているのだろうか？――黒魔道師などというものは、なかば本能的におのれの黒い勢力圏を拡げようとしつづけるものだとは思うが、それにしても、多くの危険をおかしながら、きゃつはなぜこんなにグインどのにつきまとい、それに――）

ふと、ヴァレリウスは顔をあげた。

ヴァレリウスの黙想のなかにふっと入り込んできたものがあった。――それは、しばらく途絶えていた歌声だった。

ヴァレリウスは驚きながら思わず空を見上げた。月はもう、かなり山の端に傾いており、夜もずいぶんと更けているのが感じられる。空には、いくつかしょんぼりと小さな星がまたたいているばかりで、暗い夜だ。

(まだ、寝ないで歌っていたのか。——なんという……妄執だろう)

だが、美しい声だ。あたりがひっそりとしずまったからか、さきほどよりも、声ははっきりとしてきて、暗い森のあいだによくひびいている。だが、少しも邪魔だったり、うるさいという感じがしない——もし、疲れはてて眠りについていたものがいたとしても、この歌声は、ただひたすら、こころよく眠りをいっそう増してくれ、やさしい夢を約束してくれる子守唄のように感じられるだけだろう。

(知らなかったな……)

なんともいいようのない、ふしぎな思いのなかで、ヴァレリウスは思っていた。そのように思ったのは、はじめてだった。

(それでは……あれほど似ていないと思ったけれども——あなたは、やはり、《あのかた》の弟なのだ。……どうしてそう思うのかは、私にはわからない。だが……あなたは、あのかたの弟なのだ。あのかたも……決してあきらめることを知らなかった。あのかたの声とあなたの声とは、まるで似ても似つかない。ことに、拷問によって声を奪われてからは、あのかたの美しかった声は、まったく前とは同じものとはおもえない、むざんにかすれた苦しげな声になってしまわれた。——それはいたわしい、いたわしいことだった。だが、あのかたは諦めなかった……歌いこそしなかったが——もう出来なかったが、あのかたは何一つ、諦めようとはしなかった——生きることも、たたかうことも、おのれの望みにしたがうことも、おのれのなすべき義務と信じたことに従うことも……)

(どれだけ、あの気高い魂のおかげで、私の心は変わっただろう。——最初は、自分が、何を手にしていたのかさえわからなかった。失ってしばらくは、喪失のあまりの大きさに、何ひとつわからなかった……いまだって、すべてとうていわかったとは言い難い……)

(だけれども、しだいに、長い時間をかけて少しづつ少しづつ、薄皮をはぐようにわかってきたことがある。それは——あのかたは、《人間》であることを、さいごまで放棄しなかったのだ——それが、もっとも気高いことだったのだ、ということだ……)

(あなたは歌い続ける。……あなたは、誰にむかって歌っているのか……あなたは、誰を呼んでいるのだろう。……なきひとか、それとも、探し求める人か……)

(ああ、聞こえる——あなたの声が、この夜のなかにたちのぼってゆく……)

(ぼくは歌うよ)

やわらかな、そしてゆたかな響き。

(ぼくは歌うよ。カルラアの歌を歌うよ)

(ぼくは歌うよ——吟遊詩人の歌を歌うよ。生きることと死ぬること、愛することと憎むこと、いとしむことと背くこと、出会うことと別れること)

(ぼくは歌う、青い空を、空のひばりを、ひばりの歌を。ぼくの歌はひばりの歌、空の歌、ぼくの声に空のひばりもともに和す)

(おきき、吟遊詩人の歌を——ぼくはここにいる。ぼくはここにいて、そしてあなたのもとに向かってる。ぼくの声がきこえるかい——ぼくの声を聞いておくれ。ぼくの声にこたえてくれ。ぼくはあなたに向かってゆく——あなたを探しに遠くからぼくはやってきた——ぼくはいつも、あなたを探しにゆくだろう……出会うために、戻るために、帰るために、別れるために……)

(ぼくは歌う、ぼくの歌をおきき——きっと空が晴れてくる)

「ああ……」

ヴァレリウスは、いつのまにか、おのれの天幕の裏側にまわりこみ、そこに、立っていることが出来ずにくずれるように座り込んで、ひそやかな夜の歌声に耳を傾けていた。やさしく、あくまでも包み込むように——だが、明るく、そして生きる悲しみと歓喜とをこめて。

歌は続いている。

（この歌だ）

世にもふしぎな透明な思いのなかで、ヴァレリウスは思った。

3

(この歌声だ——そうだ、この歌だ……どうしてそう思うのかわからない。この歌は……いまはなきあのかたの待っていた歌だ——鎮魂の、そして生あるものへは、《ぼくがここにいる》と歌いかける……ああ、この歌だ。そうだ……)

(きこえるかい、ぼくの歌が)

優しく朗らかな、銀の鈴をうちふるような——遠い初夏の風のような、思い出の中の月光のような声が、歌っていた。

(ぼくはあなたを探し続ける。ぼくはあなたに向かっている。ぼくはあなたのところまで、長い長い旅に出た——あなたを見つけて、あなたを連れてかえったら、ぼくはまた旅に出る。ぼくは旅するひばり、いつも風と一緒にいってしまう)

(だけどいまは、ぼくの歌をきいておくれ。そしてぼくに答えてくれ、ぼくの声が届いたと——その声をたよりにぼくはあなたを探しにゆこう。ぼくはあなたを探しつづける。ぼくはあなたを探し続ける)

いつのまにか――

ヴァレリウスの目から、白く涙が流れ出ていることに、ヴァレリウスは気付かなかった。

（どうして――どうしてわからなかったのだろう）

（なぜ、わからなかったのだろう――ああ、あなたはここにいる、い、い、い……）

（なんという慰めだろう。そうだ、あなたはここにいる。あなたは死んでなんかいない。いや、あなたのうつし身は死んだ。あなたのからだは、あの限りなく苦しくつらい、苦悩と苦痛と激烈な試練ばかり続く浮世のいのちをついに終え、この世界をはなれて旅立ってしまった。私ひとりのこして――）

（逝ってしまうものはいい……だが、残されたものは――ずっと、ずっとそう思っていた。思いと愛する者たちを残して、ただ一人旅立たねばならぬ者の苦しみと未練とを知りながらも、残される者の苦しみにたえかねて、心弱い私はあなたをうらんでさえいた。どうして、ともに逝こうといざなってはくれなかったのか――なぜ、ともに逝ってはいけなかったのかと……この世は闇、そしてこの世はあなたの存在しない恐しい虚無の場所と化していたのだから……）

（耐えられない、と思った……おのれの心が回復することさえ、耐え難いと思っていた。――この苦しみがいまのまま続くのなら、それほど長く苦しむこともあるまいと……その苦しみそのものがたやすく私を殺してくれるだろうと――そう思うほどに……）

（ああ、だが――このひばりは――このひばりは、何を知っているのだろう。あなたは――あなたは知っていただろうか。あなたのただひとつの骨肉が、こんな――こんな存在であったということを……）

ヴァレリウスの目からいまはとめどなく、どうすることもできぬ涙があふれ落ちた。

歌声はなおもやさしく、限りなくやさしく夜のしじまのなかに続いている――それはさながら、そこにいる哀れな聞き手のことを感知してでもいるかのようだった。

（答えておくれ――ぼくのこの歌にこたえて。ぼくはここにいる、そしてあなたを待っている。ぼくは決していなくならない。ぼくのこのうつし身が消えても――ぼくの歌は残り、風にとけて風になり、雲にとけて空になり――大地になり、空気になって、あなたを包むだろう。だからぼくに、こたえておくれ……あなたはどこ。あなたはどこ。ぼくはここにいる……ぼくはいつもここにいる……）

（ああ……）

いつのまにか、ヴァレリウスは、座り込んでいることさえ出来ずに、大地に額をすりつけるようにして、まるで礼拝するかのように、身をふたつに折っていた。両腕で頭をかかえこむようにして、生まれてはじめてというほどの深い慰藉に満たされながら、大地に祈っていた。

(あなたはそこにいたのか——あなたは、そこに——ああ、風のなかにも、空気のなかにも、空のなかにも、あなたはいるのか——あなたはいる、あなたはいる……)

(ぼくはここにいる)

声が歌う。

(こたえて、ぼくの愛する人よ。ぼくの思いにあなたの思いで、こたえておくれ。ぼくはここにいる、そしてあなたがそこにいる——ひびきあういのちには、生も死も、昼も夜も、光と闇もこえて……いま、とどく。朝の最初の光が、ぼくにとどく……ぼくに……)

(たとえあなたがどこにいても、ぼくはあなたを見つけるだろう。たとえあなたが何に化けても、ぼくはあなたを見つけるだろう。だってぼくの見るのはあなたじゃなくて、あなたの浄い魂だから——そのたましいが呼ぶかぎり、ぼくはあなたを見つけるだろう。あなたがぼくを見つけたように——ひきあうこころがありさえすれば)

(ひきあう思いがありさえすれば。——ぼくはここにいる、そしてあなたを探して歌う。あなたはぼくにこたえてほしい。そうすれば、ぼくはあなたのそばにゆく)

(ぼくはたどりつく、あなたのもとに——ぼくの歌があなたを導く。あなたの声がぼくを導く)

(だからこたえて。ぼくの歌に)

（だから祈って、ぼくのために。ぼくはあなたのために歌う。ぼくはあなたに歌い続ける）

歌はいまや、最高潮を迎えようとしているようだった。静かに、だがありったけの思いをこめて。もはやヴァレリウスは何ひとつ思うことさえやめていた。ただ、呆けたように全身をその歌にゆだね、歌の慰藉にゆだね、いまはまたふたたび、失った愛する人の腕にいだかれ、愛する人を胸にいだく甘美な慰めに身をゆだねきっていた——世界も、森も、夜さえも消えた。

その、とき——

「マ、リ、ウ、ス！」

ふいに——

まるで、電撃でもくらったような衝撃に、ヴァレリウスは反射的に跳ね起きた。

誰かの絶叫が聞こえた——

そう思ったのだ。

だが、あまりにも甘美だったあの慰藉と優しいなぐさめからひきずりおろされるようにして、あたりを見回したとき——

さらなる驚きが彼を襲った。

「誰！」

歌がやんだ。

かわりに、聞こえてきたのは、驚愕にかられた叫びだった。

「誰！　どこにいるの！」

「どうした！」

ヴァレリウスは、弾かれたように身をおこした。歌のきこえてきていた方向へ、一瞬にして天幕の上をおどりこえて飛び込んだ。そこに、キタラを手にした、栗色の巻毛の、ほっそりした吟遊詩人が、茫然と草地に腰を落としたまま、目を見開いていた。そのおもては、驚愕に凍り付いていた。

「どうなさったのです。マリウスさま！」

ヴァレリウスは叫んだ。そして、ゆさぶって正気にかえそうと手をのばすと、はっと瞬時にマリウスは覚醒して、ヴァレリウスを見上げた。

「あ——ああ、ヴァレ——ヴァレリウス……」

「どうなさったのです」

ヴァレリウスは激しく云った。さっきのあの、たゆたう、あまりにも甘美な慰めからいきなりひきずりだされた衝撃から、まだ抜け切れていなかった。それは、マリウスも同じだったかもしれぬ。

「お顔が真っ青です。どうなさったのです」

「あ――あ……いや……ああ、お願い、ヴァレリウス」

マリウスは喘いだ。

「何か、くれませんか。何か……ああ、飲むものを……」

「これを」

ヴァレリウスは腰から水筒をひきちぎるようにして、マリウスの唇にさしつけた。マリウスはむさぼるように飲んだ。

「何、これ？　なんだかすごく――からだに何かが流れ込んでくる……」

「これは魔道水です。大丈夫です。これでしばらく喉のかわきがおさまります。どうなさったのです？」

「ぼくは――ぼくは……」

マリウスは目をまるくしながら、あたりを見回した。まるで、自分がそこにいることが信じられぬ、とでもいったようだった。それに、ここがどこであるのかも、まったく理解しておらぬようにみえた。

まるで、あの、天使の歌声を自在にあやつっていたカルラアの化身とは、同一人物と思えないな――ヴァレリウスは、ひそかに舌打ちした。もういっぺん、マリウスを激しくゆさぶって、一刻も早く現実にひきもどしてやりたいようなもどかしさが消えなかった。が、マリウスはようやく、ほんの少しづつ我に返ったようすだった。

「ああ――ここは……そうか、森だ。自由国境の……こんなところにきてたんだ。まるで――なんて深い夜なんだろう。なんだか、びっくりした――いま、さっき……朝なんだと思っていたんだよ。あたりがとてつもなく明るい光につつまれて――とてもあたたかくて、ここちよくて――高い空のたかみにまでのぼって、そこで歌っているような、そんな気がしたから……ああ……」

くらくらとしたように、マリウスは茫然と溜息をもらした。

「そして、気が付いたら――深い夜のなかにいる。どうしてだろう？　どうしてぼくだけが、こんななんだろう？　ぼくは、何か叫んだの、ヴァレリウス？」

ヴァレリウスの怒りは嘘のようにかき消えた。

（この人は――ああ、この若者は、このように作られているのだ。――なぜ、これまで、俺も、ほかのものも――彼の兄でさえ、彼を理解してやれなかったのだろう。だがそれはよくわかる……彼のようなものは、決してほかにはいない――あまりにも、彼は誰にも似ていない。まるで――豹頭の戦士が、この世界にただひとりであるのと同じほどにも、もしかしたら、このもどかしい頼りない、いかにもあぶなっかしくてひとを苛々させる――半狂人ではないかとさえ思わせてくれるほっそりした若者は、ただひとりであるのかもしれない――）

ヴァレリウスがかいまみたものは、天に命じられてかくあるようさだめられたものの致命的な、絶対的な孤独――であったのかもしれぬ。

それは、魔道師であるヴァレリウスには、とうてい理解するべくもないものだったが、しかし、魔道師であるがゆえに、そしてまた、この世でただひとりもっとも愛し信じた者を失ったがゆえに、絶対的な孤独、についてはヴァレリウスもまた理解することが出来た。それゆえに、彼は、いま、奇妙な深い同情と共感をもってこの巻毛のほっそりと小柄な若者を見つめることが出来たのだった。

「落ち着いて下さい。マリウスさま」

ヴァレリウスは――これまで彼に対してまったく云ったこともないほど、優しい口調でいった。マリウスが驚いたように大きな目でヴァレリウスを見つめる。

「何も悪いことはございませんよ。　ヴァレリウスがここにおりますから。――どうなさったのですか。悪い夢でもごらんに？　ヴァレリウスはずっと、マリウスさまのお歌を天幕のこちらからうかがっておりました。どうなさったので？　何か、悪いものでも？」

「ああ――ああ、そうじゃない」

いきなり、マリウスは、一気に記憶が戻ってきたように、身をふるわせた。そして、キタラをそっとおき、ふいに、身ぬちからつきあげてくるさむけにたえかねたようにヴァレリウスに抱きついてきた。なんだか、まるでがんぜない幼児にでも抱きつかれたような思いがヴァレリウスをとらえた。

「どうなさいました？」

思わずその髪の毛をそっとなでてやりながら、ヴァレリウスは優しく云った。大の男に、このように子供扱いして、というような思いはあまり浮かばなかった。いまのマリウスは、見かけだけは二十歳すぎたれっきとした男であっても、魂そのものは、なんだか五、六歳の幼児に戻ってしまっているような気が、ヴァレリウスにはしたからだ。

「声がしたんだ。ヴァレリウス」

マリウスは身をふるわせた。恐しい、というのとも少し違う、だがしんそこからの身震いが、彼をとらえていた。

「声——？」

「ああ、そうなんだ。ぼくは歌っていた——そうだよね？」

「ええ、そのとおりです。殿下はずっとお歌いになっておられました。お疲れになられるのではないかと心配していたのですが」

「疲れる？　歌を歌って疲れることなんてありえないよ！　ぼくは絶対に声がかれたりしないんだ。ちゃんと出し方を知っているからね」

マリウスは自慢した。それからまたちょっと身を神経的にふるわせた。

「いまいったでしょう？　なんだか、ぼくは、《ここでないところ》にいってしまったような気がしていた――そこは光に満ちていて、なんだかとても明るくて――ここちよくて、光がいっぱいで――だけど、ぼくは、ただひとつのことで頭がいっぱいだった。《彼》を探さなくちゃいけない。そのために、ぼくはここに連れてこられたんだ。そのことだけで頭が一杯だった。だから、ぼくは――その見知らぬ真っ白な光にみちたまぶしい世界を――とても見慣れぬところだった。でもなんだか天国のようにも思えた。そのなかをぼくはずっと歌いながら、キタラをかなでながら飛んで――そうだ、おかしな話だなあ。ぼくは飛んでいるような気がしていたんだ。翼があって、キタラを持ってかなでながら飛んでいるような気がね！」

「……」

「そうしたら――わからない。いつだったのかわからない。突然――突然、《声》がしたんだ。声が」

「……」

「『マリウス！』」

ふいに、マリウスは声を強めて叫んだ。

「『俺はここだ。お前はどこにいる。お前が見えるぞ――マリウス！』」

「何ですと……」

ヴァレリウスは一瞬、背筋を冷たいものがかけぬけるのを感じて、身を激しく痙攣するようにふるわせた。一瞬だったが、マリウスのその美しい、甘い声が、日頃のその甘さとまったく違う、野太い、びんと張ってひびく底ごもる低い声にきこえたような気がしたのだ。

それは、まさしく、求めているものの——ずっとここまでもたずねてきた者の、一度聞いたら忘れることのない、あの声のように聞こえた。

「マリウスさま——！」

「あれは、グインだったよ、ヴァ、ヴァレリウス」

マリウスは、身をおこした。

ようやく起きられるようになったようすで、恐しいほどに真剣な栗色の瞳で、じっとヴァレリウスを近々とのぞきこんだ。

「マリ……」

「そうだよ。信じてくれないだろうね——誰も信じてくれないだろうけど、あれは、グインだったんだ。あれはグインの声だった。グインがぼくに——ぼくの歌に答えたんだ」

マリウスはちょっと笑った。どこか、哀しげな、疲れたような笑いだった。それは、ずきんとヴァレリウスの胸を痛ませた——一瞬、こんどは、その、すべてがわかっていて、おのれの運命を受け入れ、しかもわかってくれぬすべての者たちを許しながら、風のように微笑んでいるかのような微笑が、あまりにもまざまざと、もうひとりの人を――彼の血をわけたきょうだい、そしてヴァレリウスがいまなおその死を受け入れられずにいる人を思い浮かべさせたからだ。またしても、ヴァレリウスは、（ああ――それでは、やはり、どれほど似ていないように見えたとしても、この人はあのかたの弟なのだ、もっとも近い血肉なのだ）という思いをあらたにしていた。

「ぼく、変なことをいうと――思っているでしょう？　あなたは、ぼくのこと、嫌いだものね、ヴァレリウス。そのことは、いいですよ、気にしていないから。というより、ぼくのことを嫌いな人はたくさんいると思う。ぼくは、きっと、この世界にむいていないんだろうと思うしね。だからって、嫌われたところで、ぼくが生きてゆけなくなるわけじゃない。ぼくはやっぱり生きてゆかなくちゃならないから、あなたに嫌われても、失礼だけど、気にはしないし――信じてくれなくても、しかたないと思う、それはぼく自身のほうが、そう思うな。だってぼくだって、信じられないでいるんだから。でもね」

マリウスはふしぎな、おそろしく遠いところを見ているような透明な目で、ヴァレリウスを見た――というよりも、ヴァレリウスを突き抜けて、その彼方を見た。

「ぼくにはわかったよ。――あれはグインだった。グインがすぐ近くにいて――もちろん、歩いてゆけるような近くっていうことじゃないけれども――ぼくの歌をきいて、そしてぼくに答えてくれたんだ。あれはグインの声だった。グインにも、ぼくの歌がきこえたんだ。ぼくにもそれが感じられた。——ねえ、ヴァレリウス」

ふいに思いついたように、ちょっと首をかしげ、笑いながらマリウスはいった。

「まさか、これ、あなたの魔道でしたことじゃないよね？」

「……………」

ヴァレリウスは驚いてマリウスを見た。それから大きく首をふった。

「もちろん違います。私はそのようなこと、夢にも」

「そうか」

マリウスはまたちょっと首をかしげて疲れたように笑った。

「なら、いいや。——夢を見ていたのかもしれないけど、少なくとも夢のなかで、ぼくはグインと感応しあったんだ。だったら、ぼくが思っていたとおり——ぼくとグインのあいだには、ちゃんと、なんといったらいいんだろう、気持の深いきずなみたいなものが、通じ合っている、ということじゃない？　これまでに何回も何回も、グインとは、助けてくれたり、思わぬところでめぐりあったり——そもそもの最初から、あの遠い街道ばたでばったり会って、そのときはぼくは死にかけていたんだ。空腹と疲労とで行き倒れかけていたんだ。そのときぼくの目のなかに突然、さっきの歌を歌っていたときに光があふれたみたいに明るい光があふれて——そしたら、そこに彼がいたんだ。明るい斑点のついた、なんともいえないほどきれいな毛皮の頭と、それに黒い皮のマントをつけて。なんてきれいな毛並みだろう、ってぼくは云ったのを、覚えてるよ。ぼくは手をのばして、なんてきれいな毛並みだろう、っていったんだ。彼は笑ってたよ。自分をみてそんな反応をいきなりしたやつは、はじめてだって。それから、ぼくたちは、旅をしたんだ。長い、長い旅を」

まるで、うわごとをいっているようだ——

ふと、胸をいたませて、ヴァレリウスはマリウスを見つめた。

（この人もまた——あわれな無力な人の子が、ただひとり背負うには重たすぎるような重荷を背負って長い試練と苦しみの道をゆくようさだめられ——そして影の谷と光の空をかわるがわるにあおぎながら歩き——いや、飛んでゆく運命の子なのだ。——同じようにその運命のなかに生まれつきながら、なぜ……もっと、わかりあえなかったのだろう。なぜ、もっと愛し合って、力をあわせてその運命の苦しみを受けることができなかったのだろう。……それもまた、《人の子はおのれの苦しみをおのれ一人で受けなくてはならぬ》という、ヤーンのさだめたまいしさだめだったのだろうか……）

なんだか、おのれが、おそろしく敬虔な気持になっている、とヴァレリウスは思った。

（この人は……この人はまるで、がんぜない子供のようだ……あんな歌を歌いながら——神をも、天地をも動かすほどの歌を世界にむけてはなちながら……）

（なんと、不思議なことなのだろう。この人は、このように定められているのだろう。歌う狂人——それとも、歌い続ける幼児、さだめによって歌い続けるひばり。——イシュトヴァーンが、さだめによって殺戮を続けるようにさだめられているのだとしたら……まるで、世界には光と闇が必要なのだと、神が思った、ただそのためだけのように、選ばれて……）

「どうしたの」

ちょっとおかしそうに、マリウスが云った。

「さっきから、あなたは、ぼくのことをずいぶんじろじろ、見つめてるけど。なんだか、はじめてぼくを見たみたいな顔をしてさ。そんなに、ぼくのようすは変だったかな。ヴァレリウス」

「いえ……」

あわてて、ヴァレリウスは云った。だが、胸のうちでは答えていた。

（そうですね……マリウスさま。いや、たとえあなたがそう呼ばれるのをおいやだとしても——ディーンさま。私は、いまはじめて——あなたを見たのです。あなたのまことの魂を——その白い、ふしぎな羽根のかたちを。日頃は隠れていて見えぬ、その光り輝くふしぎなつばさ、天使の、カルラアの水色と白に輝くつばさを。——ナリスさまは、ご存知だっただろうか。ああ、ナリスさまがもしもご存知でさえあったなら……どんなにかよかっただろう。ナリスさまに聞かせてあげたかった。あなたのあの歌を……あなたの弟はこんなにも素晴しい天上のひばりであるのですよ、と——それを知ったら、あなたはなんといっただろうか。むしろ、苦しみ、ねたみ、その選ばれた運命がおのれでなかったことを嫉妬しただろうか。それとも、すべては結局癒されてゆくのだと知って、はかなく微笑んだだろうか。——ああ、ナリスさま——あなたは、この空と、風と……そして光とのなかに……いまなお溶けて……)

「どうしたの？　すっかり黙ってしまって」

いくぶん、不快そうにマリウスが云った。ヴァレリウスは、おのれの沈黙と凝視とが、失礼にあたるくらいに長くなっていたことに気付いてかすかに狼狽した。

「し、失礼いたしました。ちょっとその、あまりにいろいろなことを考えてしまったものですから」

「ふーん」

マリウスは、話しているあいだに、かなり、ふしぎな出来事の衝撃から抜け出してきたらしい。

夜はまた深く、暗くなっていた。まだ、夜明けまでには当分間がありそうだ。

「長い夜だね」

マリウスは疲れたようにいった。

「夜通し歌っていようと思ったんだけれど。本当は、なんだか、ちょっと手ごたえみたいなものを感じたものだから。ちょっと歌い出したときにね。だけどもう、やめることにするよ、ほかの人たちにも迷惑だろうから。夜通し歌って、翌日行軍のときに居眠りした、なんていうと、それこそ、迷惑なやつだといって、またあなたに怒られてしまいそうだものね」

「いえ、その……」

ヴァレリウスは困惑して云った。

「もし何でしたら、馬車のなかでお休みになりながら旅されても。もうだいぶんお疲れがたまっておられるころでしょう」

「そんなことはないよ。昔はぼく、ずっと旅から旅で暮らしていたんだもの。他の者よりずっと旅には体が慣れてる」

不服そうにマリウスはいった。

「きっと、あなたは、全然信じてないんだろうね。ぼくの歌にグインの魂が感応して——そして、魔道なしで、彼の声がきこえてきて、ぼくと彼が交感した、なんていうことは。あなたにしてみれば、ばかばかしい、信じがたいような、いや、それどころかばかげきった話に違いない。信じていないでしょう、ぼくの云った話なんて？」

ヴァレリウスは、マリウスを見た。そして、ゆっくりと首をふった。

「信じておりますよ。むろん、信じますとも。それどころか、心から、よかったと思っております。グイン陛下に、マリウスさまのお声が届いて。これできっと、グイン陛下にも何かが伝わっていると思いますよ。絶対に」

4

かくて——

緊張をはらんだ一夜があけるなり、早々にケイロニア軍は野営地をとりかたづけ、ルートを当初の予定よりかなり東にむけかえて、旧ユラニア領北部を横切り、ルードの森の西端に入るべく出発したのだった。

グラチウスは「偵察して、まだ確実にグインがさきに見つけた同じ場所にいるかどうか確認してきてやる」と称して夜のあいだに消え失せたきり、朝になっても姿は見せなかった。また、どこで何をしているのか、知れたものではないとヴァレリウスはひそかに考えた。

マリウスの歌と、そしてそれにまつわるちょっとしたふしぎな交感を目撃した、奇妙なたかぶりと感動は、一夜あけてもヴァレリウスの内から抜けていなかった。それどころか、そのたかぶりのままに、ヴァレリウスはほとんどいねがての一夜を過ごしたのだが、もとより魔道師である彼にとっては、一夜寝ないくらいは、魔道薬でどうにでもなることでもあれば、またもともと魔道師の修業のなかには、何日ものあいだ眠らずに過ごすことを覚えるものもある。べつだん、そんなことはどうということはなかったが、ただ、それよりも、彼のなかには、これまでになかった奇妙な、マリウス——アル・ディーン、というこのほっそりと小柄でいかにもひよわげな吟遊詩人のキタラ弾きに対する、親愛の情——というか、敬愛と、そしてふしぎな信頼感のようなものが芽生えていた。

(この人は……)

自分の思っていたような、まったくの何もない駄目な奴、《あのかた》の弟であるのが不思議なような何も出来ぬ口さきばかりの、逃亡癖のあるただの馬鹿ではない、ということが、はじめてヴァレリウスにはきわめて深く実感されていたのだ。

(まったく方向こそちがえ、このかたは、やはりあのかたのたったひとりの弟御なのだ……)

その思いが、ヴァレリウスにもたらした慰藉の気持というのは、ヴァレリウス当人も思いもかけぬほどに深いものであった。

(ああ——あのかたは、すべて虚無のなかに消えてしまったわけではない……あのかたのうつし身はほろびても、あのかたの魂と血とは、血肉をわけた弟のうちに残り、たしかにここにある……)

その思いにとりつかれたように、ヴァレリウスは、この一夜を、おのれの天幕に入る気にさえなれぬまま、もうさしものマリウスも歌うのをやめて眠りについたらしいマリウスの天幕の外で、じっとうずくまり、魔道師のマントにくるまって、過ごしたのである。

ようやく、朝の光が森のなかにさし入ってきたとき、それは、さながらヴァレリウスにとっては、《新生》と《再生》そのものの光のようにかれの全身と心と魂の底の底にまでしみいるように感じられたのだった。

(ああ——私は生きている。生きているから、あなたの思い出をたどることもまた、出来る……)

(若くして逝ったあなたの無念、あなたの思い、あなたの見果てぬ夢……そうだ、そのすべてはまだここにある。私のうちに、そしてディーンさまのうちに……)

(私たちは……まもなく、あなたのあれほど夢見ていたノスフェラスにこれほど近くこようとしている。……ルードの森でグインどのを首尾よく救出することが出来れば、ノスフェラスまではゆかずにこの遠征部隊はただちにサイロンをめざして引っ返すことになるのだろうが……)

(そうだ。私は、では、首尾がうまくゆき、グインどのがサイロンめざして出発されるおりに、そこでこの部隊とたもとをわかとう。そして、単身ノスフェラスにむかおう。

戻れば私はかりそめにもパロ宰相の要職、もう二度とはこのようにして、自由にあちこちをさまよい歩くことが許されようとは思われぬ。宰相の職をひくことがゆるされるまで、どのくらいかかるものか、私にはわからぬ……）

（だから……これこそ、ヤーンが私に許し給うた好機、ただひとつの弔いの好機なのだ。私は……ノスフェラスにゆこう。あの人があれほどに踏みたがっていたノスフェラスの大地をこの足で踏み、そして肌身はなさず身につけて持ち歩いているあの人の遺髪の一部をそっとノスフェラスの熱い白砂のなかに埋めて、そこで心静かにいっときをすごし、かのひとをとむらおう——かのひとの魂に、ここがノスフェラスですよ、あなたがあれほどおいでになりたがっていたノスフェラスの地なのですよ、と語りかけ……カラム水をたむけ、祈りをささげ……あの人のために、さいごの祈りを捧げよう）

（それから、どうしようというのか……それはまだ、私には何もわからない。——そんな先のことは考えられもしない。だが、これまで——ずっと私は考えてみると、自分のために生きたことなどまるでなかった。いつもいつも、誰かのために——何かのために、パロのために、あのかたのために、魔道のために、ギルドのために……そんなことばかり考えて生きてきたように思う。そのことに、ただのひとかけらも悔いはせぬ。悔いはせぬが……）

（一生にただいちどだけ、故国にもギルドにもそむいて……おのれはいったいどう生きてゆきたいのかを心静かに考えてみよう。日限をきって砂漠になきひとの魂魄を友としてひっそりと暮らし、何も望まず、何も邪魔の入らぬところで……静かに、おのれの来し方行く末を考えてみよう）

（そうだ……そして、いつかは私も中原に戻らねばならなくなるだろう。それは知れている……だが、そのときには、少なくとも、今度は私は誰のためでもない、自分で選び、自分の意志で、自分で望んでパロに戻り、そして……そして――）

（そして、どうなるだろう。――宰相の座は私には向いていない。だが、いま私がひけばパロはどうなる――ほとんどの有能な人材をあいつぐ内乱で失ってしまったパロにとっては、武将も文官も政治家も、誰もかれもが死滅してしまったのにひとしい。だからこそ、私のような経験も知識も適性もないものが、パロ宰相として、ずっとやってくることが出来たのだが……というよりも、どれほどいやいやでも、やらざるを得なかったのだが……）

（だが、本当にパロが復興するためには、こんなことをしていてもどうなるものでもない。私のごとき無能で適性のないものが、いやいややっていたところで、パロの復興はすすみはすまい。――なんとか、リンダさまに進言して、おひまをいただき、かわりにもっとずっと私よりもパロ宰相にも、リンダさまの補佐にもふさわしい人材を選出していただくことだ。そろそろ、若者たちも、この内戦のいたでからいえて育ってきている

はずだ……そのなかに、思い切って国政をゆだねることの可能なだけの誰かがきっといるだろう）

（本当は……本当はもう、かえりたくない……一生、ノスフェラスにいて——もう何も望まない。何も欲しくない……ただひたすら、なきひとの後世をとむらいながら、ひっそりと魔道をきわめることにひそやかな情熱をかたむけていたい……俺には、都会も宮廷も——ましてや政治など、もっとも向いていないのだから……俺はなぜ、いつもいつも、おのれのもっとも望んでもいなかったなりゆきにばかり、巻き込まれてしまうのだろう……）

ヴァレリウスの物思いは、はてしもなかった。

その、ヴァレリウスの思いをよそに、朝とともにてきぱきと馴れた手順で夜営の天幕は片付けられ、輜重部隊の荷馬車にまた積み込まれ、朝食が支給され、そして出発のしだいが伝達される。ケイロニア軍は世界でもっとも訓練のゆきとどいた職業軍人の集団だ。ましてや、ここに遠征してきている、金犬騎士団と黒竜騎士団は、そのケイロニア軍の中の精鋭中の精鋭である。発つも、とどまるも、何をするにつけ、ゆきとどいた鍛錬ぶりをみせて、きわめてすみやかに、どたばたせずになめらかに動き出せることを最大の誇りにしている。

あっというひまもないほどすみやかに、これだけの大人数が、出発の支度をすませ、いつなりと戦闘態勢にも入れるだけの準備をととのえ、そして次々と出発してゆく。ヴァレリウスのひきいる魔道師部隊は黒竜騎士団の大隊のうしろ、ほぼしんがりに近いところにいたが、出発の指令が下されてから、魔道師部隊に「進発お願いします」という伝令がまわってくるまでに、半ザンとはかからなかった。

（ディーンさまは……）

ヴァレリウスは気になって、あてがわれた馬の背であたりを見回した。マリウスのためには、マリウスを護衛する一個小隊がつけられ、さらにヴァレリウスの魔道師部隊からも魔道師の小隊がつけられ、そのまんなかに、いつでもそちらにうつりたければ馬車にうつれるよう、小さな二頭だての馬車がひかれているが、マリウスはずっとこの旅のあいだじゅう、陽気に馬上で通している。さすがに長い旅に諸国を経巡ってきた吟遊詩人を名乗るだけのことはあって、その騎馬の技倆のほうは、戦闘になれば知らず、こうして平和に旅を続けている分にはなかなかにみごとなものだ。何よりも、馬を扱ってやる思いやりにみちたしぐさや、馬をまるでおのれの友達のように話しかけるようすが、彼の、これまで馬ともどもに旅をしてきた年月を物語っているようだ。

（俺は――いや、たぶんケイロニア宮廷のお歴々も、マリウスさま、あるいはディーンさまについては、本当に何も知らなかったのだな……）

いったん、そうと気付いてあらたな目で捉え直すと、ヴァレリウスは、マリウスという人間の持っているふしぎな魅力や、この苦しい、鍛えられた職業軍人たちでなければとうていたえられぬであろうような難路の旅を、朗らかに歌いながら易々とくぐりぬけてゆくふしぎなほどの強靭さ、そしてまた、いかにもかよわげに見えるくせにしたたかな体力や健康さに気づきはじめていた。

　なかなかに、こうして、明るく朗らかにいつもにこにこしてきびしい旅を過ごしてゆくことは出来るものではない。あてがわれた食糧にも寝床にも、一切マリウスは文句を言わぬ。それどころか、いつも、それを運んできてくれる歩兵たちに、優しい満面の笑みを浮かべて「どうもありがとう」と心から礼をのべ、たえずほかのものに心づかい、やさしくほほえみかけている。なにくれと愛想よく、もっとも下っぱの兵士にでも話しかけ、誰が話しかけてもにこにこしながら返事をし、少しもいやな顔をしない。といって、トールだのゼノンの将軍たちや、ヴォルフ伯などのおえらがたを相手にしても少しの気負うところも、かまえたところもない。きわめて自然に、にこやかに応対するだけだ。そして、ひまさえあれば、それこそ本当にひばりのように朗らかにさえずり、歌っている。

「ぼくの歌、うるさかったらやめるから、そういってね」

　朗らかにかれはいうが、兵士たちが、すでに、マリウスの歌にすっかり聞き惚れ、彼の歌のおかげで、この困難な行軍がとても楽になったと感じていることを、ヴァレリウスは見てとっていた。

「こんどは、あれを歌って下されや」

「いや、あの歌、なんといったかな、あのパロの歌をひとつ……」

「うるせえなんてとんでもねえ。あんたの歌は、俺は好きだよ」

下っぱの兵士たちには、マリウスがオクタヴィアのもと夫であること、つまりもとのササイドン伯爵にして、ケイロニア皇帝家のれっきとした一員であったこと、などを知らされていないもののほうが多い。あくまでも「一介の吟遊詩人」として随行する、とマリウスは主張したし、それのほうが、マリウス自身の身が安全であろうと、司令官たちも判断したのだ。

それで、マリウスの身分については、「グイン王の懇意の吟遊詩人」としか、説明されていない。当然、一個小隊や魔道師部隊が護衛についているところから、ただの民間人ではないことは、察しのいいものには、察せられているだろうが、むろんましてや、マリウスが、皇帝の孫娘マリニア姫の父親であり、そして実はパロの王子アル・ディーンであること——など知っているものはいない。

当然、ゼノンやトールなど幹部たちは知っているが、マリウスは、なるべくそちらには近づかないようにしているようだ。そして、休み時間や夜営の時間ともなると、極力、下っぱの兵士たちのところにいって歌を歌ってきかせたり、面白い話をしてわかせたり、あるいは吟遊詩人らしく、ふしぎなサーガを語りきかせたりしている。

なかでも、兵士たちがこぞってききたがるのは、「豹頭王のサーガ」であった。マリウスが語りきかせる豹頭王のサーガをきくほどに、「俺たちは、それほどたいした英雄を、窮地からなんとしても救出しにゆかねばならぬのだ」という意気がさかんにもえたち、士気がいっそうあがるようだ、といってヴォルフ伯などは感服している。

(この辛い旅に不平もいわず――と最初は思っていただけだったが……これは、それだけではない……)

これはもしかすると、これまでついぞ、そんなものがこのひよわな若者のなかにあろうとは、誰ひとり想像したこともない、ある重大なもの――つまりは《王の器》の、通常思われているのとはまったく別のかたちの発露なのではないか。

出発の朝、ふとそのことに気付いたとき、ヴァレリウスはかなり愕然としたのだった。

確かにケイロニア軍はきわめてよく訓練されてはいるが、それでも、きびしい行軍が続けば殺気だってもくるし、疲労がたまれば雰囲気もとげとげしてくる。普通ならば、それをどう乗り切って軍隊をひきずってゆくか、それがそれこそ運命の分かれ道にさえなるところだ。そこでいやが上にもきびしい鉄の規律による統制を力づくで求めてゆくのか、それとも賞与や昇進を餌にして黙らせるか。方法はいろいろあろう。だが、いずれにせよ、しっかりとした上官がいて、その上にさらに全員に畏敬されている指揮官がいて、そうやって統率の力を発揮してゆかぬことには、その軍隊は、短期間ならまだよいが、長期間の遠征やいくさにはたえることが出来ずに破綻する。いかに鍛えぬいた職業軍人といえども人の子であり、生身のからだだ。不平不満もあれば、体力の限界もある。また、集団で行動しているからには気の合うあわないもある、不平分子も当然出てくる。

あまりにも苦しい逃避行や、追いつめられた決死の籠城などしか経験したことのないヴァレリウスには、こうした行軍はいつも悲愴で、しかも危機をはらんだものとしか思われていなかったのだが——

この行軍は、敬愛する王を救出にむかう、という目的意識につらぬかれている、ということもありつつ、それ以上に、つねにどこか明るい。険悪になることがあまりなく、いつもどこか和やかだ。それを最初はヴァレリウスは、ケイロニア軍というものの底力なのか、さすがだ、としか考えていなかったのだが、いまとなっては、はっきりと、その和やかさにあずかって大きな力があるのが、マリウスの歌、というものであることを悟っていた。

(歌などというもののひとつが——たったひとりの吟遊詩人の歌が、こんなにも大きな力を発揮するものか……)

行軍する兵士たちの心を和ませ、明るくし、力づけ——むろん、それは、誰の歌でもいいというものではない、マリウスの技倆と声ならでは、ということもあるだろう。だが、それにもまして、マリウスの人柄、春風の吹き渡るようなあたたかな優しい人柄が、軍勢にあたえている力が大きいのだ、ということが、いまとなってはヴァレリウスにはようやくわかってきていた。

マリウスのいつも笑みをたたえている愛嬌のある顔——最初はヴァレリウスには、（あの、この世でもっとも美しい——とさえうたわれた兄上に似ても似つかぬ、よくいえば庶民的な、悪くいえば品のない）顔、としか思われなかった顔が、この上もなく兵士たちには、慕わしいものに思われはじめているようだ、ということに、しだいに気付いてきたのだ。といって、それはべつだんおかしな意味でもないし、マリウスにルブリウスの営業を望むものなどもいるわけではないが、しかし、マリウスに対する兵士たちの態度は、通常の、たとえばここに学者だの、参謀だの、また貴族だのの若い男が客員としているときとは、明らかに違う。むろん、美しい若い女性が客としているときのはなやぎとは明瞭に違うのだろうが、いくぶんそれに近いものがある。マリウスがやってくると、兵士たちははにかんだり、照れたりしながら急に身繕いをよくしたり、あちこちひっぱって身なりをととのえようとしだしたりする。そして、マリウスがにっこりと笑いかけてキタラを指さして「歌おうか？」というと、頰をあからめて「歌ってくれ」と頼むのだ。そのようすには、マリウスを、むろんおかまの芸人とか、ルブリウスの男娼と考えているわけではないのだが、しかし「普通の男性」とは、どこか違う、と兵士たちが感じている何かを感じさせるものがあった。

それは、たぶん、色気とか、なまめかしさとか、はなやかさとか——おそらくはもっとも簡単にいえば「華やぎ」というものなのだろうとヴァレリウスは観察していた。そのような存在がひとり混じっていることで、兵士たちはつらい行軍に大きな慰藉を得ている。しかもそれが、高貴の姫ででもあればどちらにせよたれこめてしもじもの男たちの前になど姿をあらわさぬであろうし、じっさいに兵士たちを抱いてなぐさめてくれる娼婦が随行していたら、かえって逆に、その女をめぐって、男どうしの争いになったりつのつきあいがはじまらなかったとも限らない。だが、マリウスは、いわば、《象徴》のようなものだった。マリウスにむかって手をふり、歌ってくれとせがむとき、兵士たちは、マリウスのそのずっとむこうに、自分たちがおいてきた恋人たちや妻や華やかな美姫たちや、色っぽい色里の女たちや——そして、それらが象徴している平和や繁栄や快楽、そのすべてをかいまみているようだ。

「あんな糧食ばかりじゃあ、口にあわなかろ」

「詩人さんはいつもええものを食ってられるだろうしな。ちょっとだが、干し果物があるから、これをあがんなせえよ」

マリウスがやってくると、兵士たちは大切に秘蔵している少しばかりの隠し食糧をおしげもなくさしだして、マリウスに貰ってもらおうとする。マリウスがにっこり笑ってそれを受け取ることで、まだ先どこまで続くかわからぬ難儀な旅にそなえてせっかく大切にしていたその食糧を供出してしまったことの何倍もの報いをかれらは得ているかのようであった。

（これは、ナリスさまがおいでになれば――いろいろと興味深く観察されたようなことかもしれないな。――というか、太古のカナンなどでは、確かに、軍勢には、必ず一個大隊にひとり、吟遊詩人だの、女装した予言者だの芸人だのがついていった、という話を何かの本で見たことがある。――それは、このような効果をねらってのことだったのだな）

だがむろん、それでじっさいにマリウスが男娼としてふるまったり、そういう営業をしていたりしたら、それはそれで争いの種にもなりもするだろう。だが、マリウスには、男天性の気品、といったものもまた、ちゃんとそなわっている。かれの亡き兄もまた、男性にあるまじき美しさと玲瓏たる気品とで、すぐれた武将であり、強烈な指導力をもつ帝王であると同時に、ふれることもおそれおおい美姫の資質をもかねそなえていた人であった、とヴァレリウスは思い出していた。だが、亡き兄には、あまりにも気高く気品高くて、近寄りがたい印象ともなっていたものが、マリウスにあっては、人なつこい、親しみやすい愛嬌に変じている。それでいて、もしルブリウスの好みをもつ兵士たちがいたとしてさえも、まったくおかしなことを考えさせず、つけいらせないだけの気品は、ちゃんとマリウスはそなえている。

（こういう、ひとの心の掌握のしかたもあるのだとは知らなかった。――ひとは、ただ、威厳と権威にだけうたれるものだ、とばかり思っていた。俺自身が、そうだったからだろうな。――だが、このひとは……朗らかな親しみやすい気さくさと、愛嬌と――そして、その底にある気品とでもって、兵士たちを無理なくひきつけて人気をあつめている……）

なるほど、これだけのそういうひとをひきつける能力に加えて、あの天才的な、というよりも、カルラアに愛されたとしかいいようのない歌唱やキタラの腕があれば、宮廷のなかで、それを発揮しようもない状況におかれれば、憂鬱にもおちいらぬわけにはゆかぬかもしれぬ、とヴァレリウスは思った。

（もしかしたら――こういうところをうまく使えれば……このかたもまた、兄上におとらぬすぐれた帝王として、国民を自在にその心をとらえ、君臨できたかもしれないのだ。――いや、これからだって、遅くはないかもしれない……）

（いや、だが――それはきわめて困難ではあるだろうな。いちいち、国王がテラスに出て、キタラをとって歌ってきかせなくてはならぬようではな――それに、この人の魅力はまた、こういう自由な場所で、自由にキタラをひいたり歌ったりしてこそ発揮できるもののようだし……）

（だが、これは覚えておいてもいい、いや、覚えておいたほうがいいだろう。マリウス、いやアル・ディーン王子もまた、ちゃんとパロ王家の血を濃くひき、帝王としても人心を掌握しうる能力を潜在している、ということは。──だが、問題は……問題があるとすると、当のディーン王子御自身は、まったくといっていいほどに、そんな気がないようだ、ということだな……）

（この人にそんなことをいったら──キタラと歌をもって君臨してはどうなのだ、などといってもきょとんとされるか、大笑いされるだけのようだ。この人は、俺の目には──ただ、ただこうして旅をして、歌ってさえいれば御機嫌なようにみえる。──どうなのだろう。本当のところはこの人は何をしたいのだろう。……グイン陛下を無事救出したら、俺はノスフェラスにゆきたいと思うが──ディーン王子はどうしたいと思っているのだろう。サイロンに戻る気などはましてあるまいし……だが、やはりパロにも戻らぬつもりだろう、ということはなんとなく感じられるが……）

（この人は、一生、所詮こうやって旅から旅へ、ただキタラをとり、このすばらしい歌をも、ただ虚空にむかって歌い放ってそのままあとも残さず消えてゆくばかりで、それでいいのだろうか？　この人は本当は何をしたいのだろう。──本当はどうありたいのだろう？──不思議な人だ。もしかしたら、俺の想っていたよりも、ずっとずっと─

──)

馬上にゆられ、うしろからマリウスの歌声が陽気に流れてくるのに耳をかたむけながら、ヴァレリウスの物思いは、はてしもなかった。

第三話　炎の対決

1

「来た——！」

鋭い草原の騎馬の民の叫びが、空気を貫いた。

だが、その叫びを待つまでもなかった。いっせいに馬を返してスカールとグインの周囲へと駆け戻ってきた騎馬の民の目すべてに、すでに暗いルードの森からいっせいにかけだしてきて展開する不吉なゴーラ軍精鋭騎士団のすがたがうつっていたからだ。

最初の一団があらわれると、そのあとは怒濤の勢いだった。次々と森からあふれ出すかのようにあらわれてくる騎士たちが、みごとな修練ぶりをみせて左右に展開してゆく。森を背景に、草原の広がりを利用して、ただちにそこにいくぶん両翼が前に中央をかこいこむような半月形になった陣形が形成されてゆくのを、騎馬の民はスカールとグインとを中心におき、そのまわりに蝟集しながらにらみすえた。

蛸集——といっても、こちらはあわれなほどの少人数でしかない。あとからあとから、おびただしい人数が、よくぞこれほどの人数がルードの森のなかにひそんでいられたものだと感心するほど、際限なくわきだしてくるかとさえ思われるゴーラ軍にむかいあって、こちらはわずか相手の一個小隊ほどの人数さえもいない。

「無謀だ」

グインは押し殺した声で云った。

「きゃつらの狙いは俺一人——なにもここで巻き込まれて、これまで転戦のあいだにせっかくながらえた部下たちのいのちをおとさせることはない。——ここは落ちてくれ、スカールどの。俺はとりあえずどうとでもなる。きゃつらは俺を殺すつもりはない」

「俺はきゃつを殺すつもりだ」

というのが、スカールのいらえであった。

「なればこそ！」

グインは苛立ちながら云った。その間もトパーズ色の目は、するどく、展開するゴーラ軍からはなれない。

「なればこそ、ここでいのちを落としてどうする。大望あるおん身なら、潔くここは退きたまえ。もう、受けすぎるほどの恩義は受けた。あとは、また、あらためて」

「ここでとらわれれば、もう二度とはきゃつはおぬしを逃がさぬよ。グインどの」

スカールはのんびりと世間話でもしているかのような声でいった。だが、彼の目もまた、散開するゴーラ軍からはなれぬ。

「イシュタールに連れ込まれれば、いっそうおぬしを救出することは困難になろう。たとえケイロニア軍の勇猛をもってしてもだ。——祖国と部下たちを窮地に陥れるのは、帝王として下の下」

「わかっている。そうなる前に俺が勝手に落ち延びる」

グインの声はしだいに大きくなっていった。

「だがここはいかんとも切り抜けがたい。——というよりも、ここで戦ったところで」

「それは、俺が決める」

スカールは断固として云った。

「ここが俺の死に場所なら、それはそれでよい。——俺はずっと、死に場所をこそ求めてきた。病の床で死ぬのは真っ平だ」

「だからといって！」

グインは叫んだ。ざわり、と森の前に散開しているゴーラ軍が動くのが見える。

「ここで死ぬことはあるまい。ここがおぬしの死に場所だとなぜわかる」

「俺は」

スカールの暗い光をはなつ眼がグインをひたと見つめた。

「おぬしが思っているよりもはるかに——衰えているのだ。黒魔道と気力の力でのみ、こうして普通に生きているかのように見せかけているが、夜、毛皮の床に身をよこたえるときにはつねに、明日の朝日は見られぬものと覚悟する。それでも、ここまでなんとか生きながらえてきた。なぜだろうとずっと思ってきた——おそらくは、何か、俺にも使命があったからだ。そして、それがおぬしだ。グイン」

「迷惑！」

グインはスカールの目をはねかえした。

「そのような重い責任は俺には背負いきれぬ。おのれの身ひとつ、おのれで持《じ》せぬありさまでいるいまの俺だ。アルゴスの黒太子といわれたこの世の英雄を、俺のために死なせたとあっては、こんどは俺が寝覚めがわるい」

「死ぬとはまだ、決まっておらぬさ、グイン」

スカールは飄々と笑った。その声は、草原をわたる風に似た。

「俺は草原の男だ。生まれおちたときから、草原に生まれそだち、戦う騎馬の民として死んでゆく運命を負っていた。長としてたくさんの部の民をひきいて転戦し、たくさんの若者を死なせてきた——戦いのはざまに。この俺ひとり、病の床で息を引き取っては、モスの天国にいっても、俺は俺のために戦って死んだ若者どもに顔向けできぬ。——案ずるな。たとえこちらは九十人、あちらは数千人といえども、われらはアルゴスの騎馬の民、黒太子スカールの民だ。そうだな、皆」

「おお！」

いっせいに、まわりをかこむ騎馬の民が雄叫びをあげた。どの顔をみても髭むくじゃらの、ほこりまみれ、疲れ、やつれはてた顔ではあったが、ひとつも士気の衰えた顔はなかった。かれらは獰猛に歯をむいて笑っていた。

「太子さまのおんために！」

「スカールさまのために！」

一人が大きく湾曲した独特の刀をぬいて天につきあげると、続けてみながそれにならった。スカールはうなづいた。

「よし。――グインどのを中にとりかこめ。決してグインどのをきゃつらに渡すな」

「冗談ではない」

グインは抗議した。

「ひとをなんだと――」

「おぬしひとりが、騎馬立ちでない。グインどの」

スカールはするどく云った。

「あちらも馬、こちらも馬。そのなかで、ひとり徒歩だちではあまりに不利。だが乱戦となれば、おぬしのことだ、敵の馬をぶんどるなり、なんとかしてしまうのだろう？

それまでは我等にまかせておけ。時間をかせいでやる」

「しかし」

「俺には夢が二つあった、グイン」

スカールはグインを見つめた。

「おぬしのことはずっと以前から耳にし、そしてとても興味をもっていた。世界最強の戦士だときいた——その戦士の、戦いぶりを見て、もしもともに戦うにたる相手なら肩をならべ、くつわをならべて戦いたい。もしもそうではなく、倒さねばならぬあいてならこの俺こそがおぬしを倒す者になりたいと願っていた。もうひとつの夢、それは」

「それは——？」

「かなわぬことだ。いま一度、リー・ファに会いたい。夢の中でなりと。きゃつめ、よほど満足して死んだのか、死んでからひとたびたりと、俺の夢にさえあらわれてくれぬ」

スカールはひげの顔をしかたなさそうにくしゃっとゆがめた。

「未練だな。まあいい、それも俺が死ねば終わる。ゆくぞ、スカールの部の民ども！今度こそ、イシュトヴァーンの首級をあげずにはおかぬ！」

「おお！」

少人数ではあったが、すさまじいときの声が、天を衝いた。

「ウラー！　ウラー！」

「黒太子のために！　スカールのために！」

「ウラー！」

対照的に——

散開をおえ、両翼のはりだした半月形の陣形を作った、ゴーラ軍は、何も声をあげぬ。ぶきみなほどの静けさで、じっと指令を待つがごとく、面頬をおろし、馬をなだめながら沈黙を守っているさまが、まるで人間の軍勢というよりは、機械仕掛けの人形がたくさん並んでいるようにさえ見える。

「どこだ」

スカールは、血走った目で、それを見回した。

「どこにいる。イシュトヴァーン」

「スカールさま！　長！」

駈け寄ってきた一人のまだ若い騎馬の民が、スカールに、半月形の陣形のまんなかあたりをさししめした。

「あそこに、白いマントと白いよろい、白馬に黒い長い髪の男が！」

「おお。確かに」

スカールの目がにっと細められた。

「いたな。ゴーラの悪魔め」

（イシュトヴァーン――）

グインは、スカールたちの馬のうしろに追いやられたまま、そのあいまから、そちらをするどく見やった。

確かに間違いはない。見間違いようもない。その不吉な長身と純白のいでたち、長旅に疲れてはいてもなおその純白は、ゴーラ軍のよろいの鉄色のなかで、くっきりとひとりだけ目立つ。イシュトヴァーンをとりまく親衛隊もまた、白で装ってはいるのだが、なぜか、イシュトヴァーンひとりだけ、その全身のまわりに、青白い何か瘴気にも似た炎がたちのぼって、他のものとかれを決定的に隔ててでもいるかのようだ。

（イシュトヴァーン。なぜ――こうなった。なぜ、こんなことに……）

最初に、かれのその名をきいたときの、あの奇妙な、衝撃とも、なんともつかぬもの――

それを、グインは、まったく忘れることができなかった。

（あれは……確かに、慚愧の念だった……俺は、お前に対して……決して敵意を持っていなかったはずだ。何も……）

（不幸なめぐりあわせがいくつ、どのようにあったのか、それが俺とお前をどのようにひきさいたり、ぶつけあわせたりしたのか――それは、いまの俺にはまったくわからぬ。

そういう過去への記憶の手がかりさえもきれいさっぱり消え失せている。……お前がきれぎれに話してくれたことばをつづりあわせても、何も——はっきりと眼にみえるかたちでは答えは出てこない）

（ただひとつ——俺は、お前と戦うつもりはまったくなかったはずだ、ということだけは……わかる。それは、お前の話した話で知ったというより——俺が、おのれのなかにある感覚として感じている。俺はお前を嫌いではないし、切り捨てるつもりもない。ましてや、このようにしてふたたび、みたび、出し抜いたり、裏切ったりして、お前の心をいっそうひどく引き裂くつもりなどはなかった。だが——）

（だが、ヤーンのみ手が俺をあやつり——待て！）

（俺はいま何といった？　ヤーンのみ手——？）

（それは……確か、そうだ、イシュトヴァーンも口にしていただろうか……何のことだったのだ？　だが俺は——いや、だがそんなこともうどうでもいい……）

（だが、いまここにあらわれたスカール太子——）

（彼もまた、俺にとってはおそらく何か特別な意味を持つ人間だ。顔をみたとたんに慕わしく感じた。……そうだ。俺は、彼をも死なせたくない。いや、死なせるわけにゆかぬ——まして、俺の身代わりに。俺の盾になどなって）

（俺が、すべての記憶を失い、何も知らぬことなど、誰も何も知らぬ。——知らぬままに、かつての俺、俺の知らぬ俺にあやつられて、このように展開してゆく。——そのことが、俺にはあまりにも——重い。俺は……）

相変わらず、ゴーラ軍は、いっさい声というものをあげぬ。

むろん、ひそやかなざわめきは、これだけの人数が騎馬で集結し、散開し、戦おうと陣を張っているのだ。すべて消せるものではないが、イシュトヴァーンは故意にときの声をあげさせまいと封じているようだ。それが、相手にひときわ威圧感をあたえると、知っているのかもしれぬ。

静かに、だが、じりじりとゴーラ軍の両翼が、前進しつつある。あまり目立たぬ、ゆっくりとした速度で、だが確実に、両翼が、前にむかって左右から、いくぶん内角をねらって包囲をせばめるように進んできつつある。その動きは静かで、だが、何かほんの少しでも火だねが落ちさえしたら、一気にこの小さな草原全体に戦いの炎をまき散らしそうなくらい、緊張し、はりつめている。いつなりと号令一下、ただちに襲い掛かってくるかまえだ。

（どうしたら）

（イシュトヴァーンと戦いたくはない——いや、戦ってはならぬ。もう決して……イシュトヴァーンと戦ってはならぬ、いまこの草原では……）

（だが、スカールを死なせたくない。いや、死なせるわけにはゆかぬ。……彼もまた、ここで死ぬべき人間ではない……）

（イシュトヴァーンとスカール――いずれは激突せざるを得ぬかもしれぬ。そうすれば、どちらかが落命するはやむを得ぬかもしれぬ。だが、いま、ここではない――そういう気がする――）

（俺もまた――だが、イシュトヴァーンにとらわれるわけにはゆかぬ。決して……二度と決して！）

（ましてや、イシュタールに拉致されることも――そこで地下牢に幽閉されることも）

（だがケイロニアにおもむくことも――いまの俺には……）

（俺は、どうすれば――）

（俺は、どうすればいい）

誰に、問うたらよいのか。

それさえも、グインには、わからなかった。

ただ、群青色の空のもと、粛々と包囲網をせばめつつある、一触即発のゴーラ軍の動き、そしてそれに対してじりじりと馬をかって小さな円陣を作り、なんとかしてグインを、そしてスカール太子を守り通そうとしている健気なスカールの騎馬の民、その天地とのはざまにあって、ここではないどこかにおわすなにものかにむかって、両手をさしのべ、おのれの声をききとどけよと祈る――その無意識の思いしかない。

(教え給え)

(導き給え——俺に道をさしてくれ。俺をこのように生み出した何者かよ!)

(俺は……俺はどうしたらいいのだ?)

もとより、いらえのあろうべくもない。

しんと、しずまりかえった草原の天地のあわいに、ゆっくりと、白づくめ、肩から背中にかけて長い黒髪をなびかせた不吉な死神のような一騎が馬をかって進み出た。

ざわっとゴーラ軍が揺れる。そして、ほとばしる号令を待ち受けるかのように、息さえもひそめる。

(俺は——)

(俺は……)

(俺は————!)

俺は、何者だ。

俺は、どうしたらいいのだ——グインは、眼をとじた。

(イェライシャ!)

強く、念をほとばしらせてみる。これでいいのかどうかもわからぬ。

(聞こえるか。俺の声が聞こえるなら、こたえてくれ! 俺は戦いたくない。だが、スカールを殺させるわけにはゆかぬ! 俺が戦えば——さらに事態はこじれるだろう。俺は——どうすればいい。俺は……）

「………！」

白馬の、純白の、漆黒の髪の毛と浅黒い顔だけがいやが上にも目立つ白づくめの乗り手の右手がふりあげられる。

そこに握られた剣が天を衝く。きらきらと日を受けて青く光る。

その輝きは、あまたの血を吸った不吉な《死》の序曲のように、静かな、敵と味方と彼以外誰もおらぬ草原のまっただ中を切り裂いた。

時さえも息をひそめてなりゆきを見守っている——かに思われる。

イシュトヴァーンは、声もあげなかった。

かぶともかぶらぬその浅黒い面体のなかに、ぎらつく双眸だけが、狂おしく光を放っている。もはや、うらみのことばもそのゆがんだ唇をついて出ようとはせぬ。

彼のするどい眼は当然、グインのかたわらにあり、グインを明らかに守るかまえをみせて、取り囲んでいるぼろぼろの騎馬の民の一団、そしてその中央に、馬ごと仁王立ちになり、深讐綿々たる宿敵を火を噴くばかりににらみすえている黒づくめの偉丈夫の何者なるかをも見てとっているはずだった。

頰の傷がずきりと疼いたかもしれぬ。——また、かつて、その最愛の妻をはからずもその手にかけるはめになったときに黒太子に受けた古傷のいたみさえも、よみがえるような思いがかれをとらえていたかもしれぬ。

だが、イシュトヴァーンは、もはや何も云おうとはしなかった。あえて馬をとばして、声の届くところへ駈け出ようと思えば、両翼を守られたまま安全にそうすることも出来るはずだ。だが、イシュトヴァーンはそうしようともせぬ。

ただ、かつてはあれほど端正であった顔を、醜くひきゆがめ、ことばにつくせぬ嗔恚《しんに》と憎しみ、そしてうらみを青白い炎にして痩せた全身からたちのぼらせながら、狂おしくスカールとグイン、その二人をにらみすえているばかりだ。

いったい、どこからスカールが突如としてあらわれたのか、それともこれもまた、ルードの森がみせるまぼろしなのか、そのようなからくりさえも、もはや彼にはどうでもいいようであった。

「グイン――！」

ついに――

かれの唇から、あえぐとも、啜り泣くとも、うめくとも――それとも苦しみもだえるともつかぬ声がほとばしった。最初はかれがれに、ほとんどただのうめきのように、それから、恐しい肺腑をえぐるような絶叫となって。

「グイン！」

「グイン！」

ゴーラ軍が、まるで、沈黙の行から解き放たれたかのように唱和して絶叫した。

「グイン――！」

「討ち取れ」

また、ついに。

イシュトヴァーンの唇から、致命的な――

何かをふっ切り、投げ捨て、最後の狂気に突入しようとするかのような、血を吐くような叫びが発せられた！

「豹頭王を討ち取れ！　もはや、生かしておけぬ！――黒太子もろとも、皆殺しにしろ！　一人も、生かしておくな！」

「一人も！」

再び――

ゴーラ軍が忠実に唱和した。そのことばの意味に恐怖するものもなく、そのまことの意味を知るものもなく。

「来い！」

スカールも、吠えた。

ばさりと、腰の半月刀を抜き放つ。たけりたつ愛馬の首を叩いてなだめながら、刀を天に突き上げる。

「覚悟せよ、スカール太子の部の民ども！　ここが我等の最後の地になるとも、最後の一人まで、宿敵ゴーラ兵に屈するな！」

「ウラー！　ウラー！」

狂おしいいのちの声が答えた。

「黒太子、万歳！」

「行くぞ」

スカールが叫んだ。グインははっと身をおこした。スカールは果敢にも、これだけの小勢で、こちらから討ってでようというのだ。

「…………！」

グインは、マントをはねあげた。

「半数は豹頭王を守れ！」

スカールが再び吠えた。

「半数はわれについて来い！　数にこれだけ差あらば、相手にとって不足なし！　今日ここが、アルゴスの黒太子スカールとして知られたこの俺の、最後の戦場だ！」

「ウラー！　ウラー！　ウラー！」

騎馬の民の雄叫びが狂おしく高まった。

「行くぞ！　部の民ども！　行くぞ、ハン・フォン！」

スカールの剣があがり、きらりと輝いてふりおろされた。

どどどどどど——

間髪をいれず、草原の民たちは走り出した。

ゴーラ軍がたちまち応戦のかまえをみせた。草原にみちみちた闘気についに火種が落とされた。ゴーラ兵たちはすみやかに両翼からイシュトヴァーン本隊をつつみこむかたちに入り込み、ごく少数の草原の民を迎えうつ態勢に入った。弓兵隊が前に飛び出し、矢をつがえた。ひゅん、と弓弦がうなる。

騎馬の民は驚かなかった。皮マントを盾にかかげ、頭と顔を守り、馬の首にふせて矢をふせぎ、あるいは刀で払いのけ、叩き切る。弓兵隊が一列、矢をはなつとただちにかれらはうしろにさがり、騎士団に場所をゆずる。これしきの人数の敵など——といわぬばかりに、余裕綽々のゴーラ精鋭ルアー騎士団が、短槍をかまえ、あるいは剣を右手にかざして馬腹を蹴る。

もはや、黙ってはいられなかった。グインは、やにわに、かたわらを固めていたなかでもっとも大柄な騎馬の民の馬の手綱をつかんだ。

「代わってくれ」

「え——？」

「馬を寄越せ」

云うなり、グインは、無造作にその男を鞍から引き下ろした。

「すまぬ。借りる！」

言い捨てるなり、そのまま、一騎、馬腹を蹴ってゴーラ軍めがけて殺到した。あわてとっさにグインの名を呼びながら、グインの護衛を命ぜられていた部隊がグインのあとを追った。

「そうきたか」

スカールが、ちらりと肩ごしにふりむいて、ゲラゲラ笑いながら怒鳴った。

「乱暴な奴だ！　それならそうと先にいえ！　馬くらい何頭でもくれてやるッ」

だが、その声も聞かばこそ。

グインは、矢に身構えて真ん中にひとかたまりになっていた、スカールたちのかたまりをよけて、馬をかりたてた。うねるように右側から中央に入り込み、あとはまっしぐらに、イシュトヴァーンが白馬をかって立ちつくす本陣の真ん中を狙った。

その豹頭のすがたはいやが上にも目立つ。ゴーラ軍のなかにおさえきれぬざわめきが走る。だがイシュトヴァーンはびくりとも動かぬ。その眼がはりさけるほど見開かれて、グインと、そして急いでグインのあとを追ってくるスカールとを交互に見比べる。

「矢を！　迎え撃て！」

だが、誰か隊長格のものらしい声がした瞬間、イシュトヴァーンは爆発した。

「誰が、矢を射ろと云ったッ！」

イシュトヴァーンは絶叫した。

「弓兵隊などいらねえ。引っ込めろ。そんな無礼なことをすんじゃねえ。俺が——」

「陛下ッ！」

「なりませぬ。陛下！」

「俺が行く！」

絶叫もろとも——

イシュトヴァーンは、ひきとめようと追いすがる近習を左右にはねとばした。

と見たときもう、腰の剣を引き抜いていた。

いかんともしがたいルアーの血が燃えたぎるように、剣を抜くなり、イシュトヴァーンは両側から間合いを縮めてスカールたちを迎えうとうとしていた自軍のあいだをかけぬけた。誰にもとめられぬ、つむじ風さながらの勢いであった。

「ワアッ！」

「陛下！」

うしろから、左右から、ゴーラ軍の騎士たちの悲鳴のような叫びがひきとめる。だが、それも相手にしなかった。すでにイシュトヴァーンの眼は、たった二つのもの——グインと、そしてスカール——だけをうつしていた。ほかのものは一切、この世界から消え失せたかのようだった。

2

「イシュトヴァーン！」

グインは過大な重荷を背負ってなんとか健気にもかけぬけようと健闘している草原の馬をしゃにむにかりたてながら絶叫した。

「イシュトヴァーン――！」

「グイン！」

まるで、慕いあい、呼び合っている恋人どうしの想夫恋《そうふれん》の歌ででもあるかのように、イシュトヴァーンがのどもさけよと叫び返した。

「グイン――！」

「待て――待て、グイン！」

さらにそのグインの背中に、追いすがるスカールの叫び。

「そやつは、お前には渡さぬ！　そやつは、俺の獲物だ！　俺だけの！」

巨軀で馬に重荷をかけているハンデにもかかわらず、グインのほうが、スカールよりもずっと前を走っていた。イシュトヴァーンもまた、一瞬の迷いも見せずに、グインめがけて突進した。

「グイン！」

「イシュトヴァーン！」

また、再び――

恋い慕いあう恋人たちがやむにやまれぬ情熱にかられて呼び合うかのように、かれらは叫びあい――

次のせつな、グインは大きく剣をふりかぶっていた。そのままイシュトヴァーンめがけて殺到する。イシュトヴァーンはすかさずグインの剣を剣でうけとめざま、火花を散らしてグインのかたわらをかけぬけた。

「グイン！」

スカールの絶叫がひびく。

「横取りするな！　俺の獲物だ！」

「何をしている！」

隊長たちの絶叫がひびいた！

「陛下を守れ！　きゃつらを討ち取れ！　敵は小勢だ、包み込んで討ち取れ！」

「イシュトヴァーン、イシュトヴァーン！」

「ゴーラ、ゴーラ！」

たちまちのうちに――

草原に、乱戦の火蓋が切っておとされていた。

乱戦――というには、あまりにも、片方が少なすぎ、乱戦にまではとうてい、及びもつかなかったかもしれぬ。

だが、それでも、数千人がわずか九十人を取り囲んで討ち取ろうとしている、という、あまりにも不公平な感覚は、じっさいのその人数差に比べれば、ずっと少なかった。

草原の民は全員おそろしいほどに剽悍で、その上命知らずであった。もはやこれまで、と――ここが、スカールもろとも、かれらの長い長い漂泊の旅のゆきつくところ、と、すでに誰もが覚悟を決めていたのに違いない。はじめから、命を捨てる覚悟の勇猛な戦士たちには、怖いものはなにもない。ゴーラ兵たちも充分に勇敢でもあったし、鍛えられてもいたが、しかし、やぶれかぶれで斬りかかってくるこの少数の敵をあいてに、かえって、陣形などは無意味であった。

「散開、散開！」

懸命に伝令が叫ぶのも、悲鳴や叫喚、そして馬のいななきや剣戟のひびきにかき消されがちになる。

「敵はごく少数だ！　一人づつ、ばらばらにとりこめて討ち取れ！」

その絶叫のなかにも、決死の覚悟の騎馬の民たちの蛮刀がふりおろされ、ゴーラの若い騎士たちのよろいのはざまをねらい、馬をねらう。戦い馴れた騎馬の民は、よろいかぶとのゴーラ兵に対してもためらわず、よろいのあわせめをたくみにねらって切り払い、馬の足を切り払って落馬させ、あるいは刀子で面頬のあいだから見える眼をねらった。何人ものゴーラ兵に取り囲まれ、多勢に無勢で切り捨てられてゆくものも当然多かったが、友と背中合わせになったまま、果敢にゴーラ兵を切り捨ててゆくものも多い。これだけの人数差となると、逆に、いちどきに騎馬の民にかかれるものの数は限られてくる。もっとも、あとからあとからくりだされる兵によって、どれほど勇猛な騎馬の民たちもいずれは確実に殲滅させられただろうが、それまでは、体力の続くかぎりは、騎馬の民たちはそれほどたやすく屈服するつもりはないことを明らかにしていた。

いっぽう――

その乱戦のまんなかで、すでに他のものたちが入り込むすきさえも与えず、激烈なたたかいをくりひろげている二騎――

もはや、互いの名を呼び交わすことさえもせぬ。剣をかまえ、馬をよせてゆき、剣が激しくぶつかりあい、火花を散らす。と見るや、たがいの馬がぱっとかけぬけて離れてゆく。

「もどかしい！」

いきなり、グインは、馬から飛び降りた。やはり、グインの体重は草原の馬にさえ重すぎて、どうしても、向きをかえるときにたたらをふむようになる。聡明な草原の馬は臨時のあるじであるにもかかわらず、必死にその命令にこたえようとしていたが、それも限度があることがはっきりしていた。馬がつぶれる前に、グインのほうから馬を捨てた。そのまま剣をかまえて、馬ではせむかってくるイシュトヴァーンを受け止めるように仁王立ちになる。

「無謀な奴！」

スカールがおめいて、そのあいだに割り込むように馬をとばした。マルコが精鋭親衛隊の小隊もろとも馬をよせてきたが、割り込む隙もあらばこそ。

「どけ、グイン！」

「邪魔だてするな、黒太子！」

まるで、かれらこそが敵同士でもあるかのように、スカールとグインが怒鳴りあった。そのままスカールはイシュトヴァーンにむかって愛馬を突っ込み、グインはあやういところでその突進から飛び退いた。

「イシュトヴァーン――！」

深い――鮮血によって癒されなくてはもはやとどまることを知らぬスカールのうらみが、火を噴いた。イシュトヴァーンはおそれなかった。というよりも、もはや、戦鬼と化した彼のなかに、理性も記憶も、人間としてのまともな感覚も失われていたのかもしれぬ。彼の目は赤く燃え、一人でもそれぞれに彼を傷つけたりうち負かしたことのある、明瞭に彼の力を上回る世界でただ二人の敵が、いまや二人同時にそこにいて彼に対しているることにさえ、何のおそれも感じたようでもなかった。恐れを感じる心さえも死に絶えてしまったかのように、かれはただけだもののようなおめきをあげながら、むかってくる敵にむかってだけ剣をふるっていた。スカールが馬もろともかかってくればその剣をうけとめ、なぎはらい、グインがそのすきをついてスカールのかけぬけたすきに殺到すれば、ただちに馬を舞わせて飛び離れて態勢をたてなおす。彼はむしろ、その、きわどい、わずか一瞬あやまればただちにいのちをおとす死の舞いに歓喜し、中毒しきっているようにみえた。

「ワアアーッ！」

恐しいほどの絶叫にのどをからしつつ、イシュトヴァーンがふりおろした剣を、グインはとっさに大地にころげこむようにしてよけた。そうしながら、からだをまるめて飛び起きた。スカールがすかさず馬を割り込ませてきた。

スカールにのみ、かつての——イシュトヴァーンの頬に傷を負わせたときの勢いがやや欠けていた。そうでなければ、この三つどもえの戦いはとくに決着がついていただろう。それは、そうとはグインにはわからぬ。だが、おそらくもっともよくそれがわかっていたのはスカールであり、かつて彼とたたかっていのちを落としかけたイシュトヴァーンであっただろう。スカールの剣先には、かつてのすさまじいするどさが欠落していた。むろん、通常の戦士であれば、それと気付こうはずもないていどのものでしかない。だが、かつては前夜の酒に飲まれていささかだらしないおくれをとったといいながら、イシュトヴァーンもまた、世界に有数を自負するすぐれた戦士である。そしてまた、イシュトヴァーンこそ、三人のうちでもっとも若い――もっともグインの本当の年齢は誰も知らなかったにせよだ。

イシュトヴァーンの赤く燃え上がる目のなかに、かすかな勝利のきらめきが見えた。スカールはだが、そんなことにかまいつけようともしなかった。スカールの目的とするのは勝利ではなく、ただイシュトヴァーンの首級、それだけであったのだから。

スカールは、肩で息をついていた。黒魔道によってかろうじて生かされている、じっさいには生ける屍だ、というスカールのことばそのものは誇張であったにせよ、やはり彼はもとどおりの草原の鷹ではなかった。病んだ鷹の羽根は以前の勢いを失っていた。だがスカールはひこうとせず、また息があがりながらも少しもひるもうとせず、くりかえしイシュトヴァーンにむかって馬を走らせた。グインはスカールの弱りを察した。

「どけ！　スカール！」

何度めかのスカールの突撃を苦もなくイシュトヴァーンがかわしたとき、グインは思いもよらぬ動きに出た。

イシュトヴァーンの馬の足めがけて、からだを投げ込むようにとびついていったのだ。馬はたちまち足をとられてどうと転倒する。とっさにイシュトヴァーンは抜き身を手に持ったまま、軽業師なみにひらりと馬から飛び降りて大地に立った。驚きもせず、そのまま剣をふりかぶってグインに殺到する。すかさず態勢をいれかえて飛び起きたグインが受け止める。そうと見るなりスカールも無謀にも馬から飛び降りた。愛馬ハン・フォンがあるじをいさめるかのようにたかだかといないた。

だがすでにグインとイシュトヴァーンとはものもいわず、叫び声ひとつかわさぬ徒歩だちの死闘に突入していた。スカールは、おのれも馬から飛び降りたが、その死闘に割り込む隙を見いだせず、激しく肩で息をついた。マルコたちもまた、そこに割り込むことがどうしても出来ぬ。声もかけられず、固唾を呑みながら剣を握り締め、周囲を円をえがくようにかためておろおろするばかりだ。

グインとイシュトヴァーンは、まるで何かの宿命とでも戦っているかのように、激しく切り結んだ。巨体にもかかわらずかろやかにとびすさり、飛び込むグインに、イシュトヴァーンは最初から押され気味であったが、しかし一歩もひこうとはしなかった。グインが細かく剣をふるってカン、カン、カン、カン、と激しく火花を散らしながら手首をかえして右に左に斬りかかってくる。イシュトヴァーンはそれを受け切れぬとみるなり、左手でベルトにつるした刀子をひきぬいた。両手に剣と刀子をかざして、両手の剣で交互にグインの攻撃を受け止めた。グインが一気に刀をかえして、足元をねらう。イシュトヴァーンは飛び上がってよけ、大きくうしろにとんで降りる。そこにグインがすかさず殺到する。

「なんという動きだ！」

スカールが思わずつぶやいた。

「あれでも……あれでも本当に人間か？　あの巨体が、あんなに早く……」

イシュトヴァーンはさすがに肩で息をしはじめた。だが、一歩もひかぬ闘志だけはますます燃え狂っていた。グインはゆうゆうと、息もはずまさずにイシュトヴァーンを追いつめていた。最初から、受け太刀であったイシュトヴァーンが、明らかに、しだいに必死の防戦一方に追いやられてゆくのが、はためにもはっきりとわかった。もともと、技倆的にも体力的にもグインのほうが相当にまさっているのだ。イシュトヴァーンがまさるものは、ただひたすら、気迫と闘気だけであっただろう。

だが、それさえも、グインはしだいに、内にひそめていた恐しいほどの殺気と闘気とを、いまだかつてなかったほどにおもてにあらわにしはじめていた。もはや、スカールもとうてい割っては入れぬ。ましてや、マルコたちでは、近づくことさえ出来ようもない。ただ、息をのんで見守るばかりだ。

「う……」

ついに——

イシュトヴァーンの口から、かすかなうめき声がもれた。

「畜——生っ——！」

それでもなお、イシュトヴァーンは死を覚悟しようとはせぬ。おそらくは、さいごのさいご、息絶えるそのさいごの瞬間までも、彼はたたかうのをやめようとはせぬだろうと、はっきりと感じさせる、死にものぐるいの闘志でもって、かれはなんとか劣勢を挽回しようと切り返し続けていたが、いかんせんあまりにも力量も体力も違いすぎた。イシュトヴァーンはしゃにむに剣をふりまわしはじめていた。もともと自己流の剣法は乱れはじめると弱い。グインが、一瞬剣をひいた。ふいに恐しい殺気が流れた。

「あ………ッ——」

スカールと——

マルコたちの口から、悲鳴がほとばしった。

(やられる)

イシュトヴァーンが、切られる。

誰もが、まざまざとそう確信した。

イシュトヴァーン自身もまた、おのれの胸をグインの大剣が突き通すせつなをありありと見たに違いない。その目には、なおも闘気に狂った赤い光しかなかったが、一瞬確かに怯えに似たものがそのおもてをかすめた。グインは容赦なく剣を突きだし、電光のようなはやわざでくりだした。

「ウッ」

するどい声とともににぶい音がした。

「ああッ」

はっと人々が息をのんだ。マルコの悲鳴がほとばしり、草原の民を追いつめては切り結んでいたゴーラ兵たちがはっと手をとめてふりかえった。

「イシュトヴァーン様ッ!」

マルコの絶叫。

グインの剣先が、イシュトヴァーンの腹を刺し貫いていた!

「あああッ——」

イシュトヴァーンは、信じがたいものを見たかのように、おのれの脇腹に突き刺さっている剣を見つめたが、次のせつな、体に剣を突き通されたままがむしゃらにグインにむけて剣をふるおうとあがいた。グインはとびすさりざま剣をひきぬいた。イシュトヴァーンの血しぶきが、草原をそめた。

イシュトヴァーンは腹をおさえたまま、よろめきながらあとずさり、そしてしばらく

あえぎながら剣をふりかざそうとしたが、もう足にきていた。そのまま、彼はグインをにらみすえながらがくりと膝をついた。

「グ——イン——！」

「グイン！」

スカールの絶叫。

「かさねがさねの恩讐、黒太子にまさるはずだ！」

グインの口から、なにものが云わせるともつかぬ叫びがほとばしる——

そのトパーズ色の目はもはや、なにものをもうつしていないかにさえ見えた。

「お前の命、スカール太子にはわたさぬ！　どうせ命をおとすなら、恩讐のついでだ。俺の手にかかって死ね、イシュトヴァーン！」

「グイン——！」

イシュトヴァーンは駈け寄って抱き起こそうとしているマルコの腕に抱かれたまま、奇妙な——おそろしく奇妙な表情でグインを見た。

不思議にも、その顔は、奇妙な、満足そうな色をさえたたえているように見えたのだ。彼は、ようやくごくわずか人間らしい心と理性とが戻ってきたかのように、ニヤリと、色を失った唇で笑った。

「やる——じゃねえか……グイン。相変わらず」

かすかな声がもれたと思うと、どっとその唇から血がこぼれおちた。

「畜生……やりやがったな。この礼は……この礼は必ず……はなせ、マルコ。まだやれる……まだやれるんだ……」

「ひけ」

マルコは絶叫した。

「ゴーラ軍、撤退！　ひけ、全軍撤退！　王が負傷された！」

「撤退！」

たちまち――

ゴーラ軍のなかに潮のような動きがはじまる。イシュトヴァーンはなおも剣を握り締めたままマルコの腕から逃れようともがいた。

「まだだ――まだ決着はついちゃいねえんだ……まだやれる……いいとも。きさまの手にかかるんなら、俺は……本望かも……しれねえ。俺を殺せ。いつでも――いのちなんかくれてやらあ――俺を殺すまでやれ……やってくれ。グイン――俺はそのほうが、いっそ……」

「撤退！」

マルコは絶叫した。そのしっかりとイシュトヴァーンの傷口をおさえている手はイシュトヴァーンの熱い血にまみれて真っ赤に染まっていた。血がぼたぼたと草原にしたたりおちる。

「馬を！　親衛隊、何をしている。陛下を援護せよ！」

マルコの悲鳴のような叫びにひきずられるかのように、ウー・リー以下の親衛隊があわててグインとイシュトヴァーンのあいだに割り込んだ。

グインは動かなかった。その目はあやしい黄金色の光をはなちながら、じっと、マルコに抱かれてなおも身をおこそうともがいているイシュトヴァーンを見つめている。さながら、イシュトヴァーンのうけたいたでをはかるかのように見える。

「撤兵！」

マルコの声が草原にひびいた。

ふいに、イシュトヴァーンはがくりと首をうしろに折った。そのまま、マルコの胸のなかにくずおれる。

「陛下！　イシュトヴァーンさま！」

マルコが叫んだ。ウー・リーが馬から飛び降りて駈け寄った。

「早く！　早く、陛下を安全なところへ！　早く止血を！」

「かしこまりました！」

あわてて親衛隊の騎士たちが、急速に体温を失いつつあるのであろうイシュトヴァーンのからだを、おのれのマントをぬぎ、いくえにもくるみこんだ。

「ともかくルードの森の中へ！」

そのほうが、まだ安全だと見たのであろう。マルコが声を張った。イシュトヴァーンの傷ついた血まみれのからだは騎士たちにそっとかかえあげられた。そのまま親衛隊に護衛されながら、ルードの森のほうへかつがれて運ばれてゆく。純白のマントとよろいが鮮血にまみれ、世にもまがまがしい血のいろが草原に飛び散った。かなり、出血がひどい。

「撤兵！　撤兵！」

「ゴーラ軍、退却！」

次々と伝令の声が伝わってゆき、ゴーラ兵たちはただちに兵をまとめてルードの森にすみやかに入ってゆく。じっさいに騎馬の民とたたかっていたのはごく一部の部隊であった。まだ半分以上の部隊はルードの森のなかで待機していたようだ。撤退はすみやかだった。一部の部隊が、さいごに残ってゴーラ軍の負傷者たちをすばやく庇護し、救出して森のなかに消えた。

グインは、追いすがろうとはしなかった。そこに、イシュトヴァーンの血を吸った大剣をひっさげたまま、目を爛々と光らせて両足を大股にひらき、仁王立ちになってそのさまを見送っている。茫然とスカールは立ちつくしていた。

それから、ようやく、我にかえった。

「ター・リー！」

するどい声が発せられる。ただちに、いらえがあった。

「は！　スカールさま！」

「部の民の損害は！」

「少々、お待ち下さい」

ター・リーが走り去った。草原の草々は踏み荒らされ、あちこちに、置き去りにされた戦死者の屍、重傷者、軽傷者たちが倒れている。ゴーラ兵たちはとっさの命令だったのだろう、負傷者は庇護したけれども、明らかな死者は置き去りにして撤退したのだ。屍は思ったよりかなり多く、そのあいまに、草原の騎馬の民のぼろをまとった死骸が倒れ伏している。

「きさま」

スカールは唸った。ようやく、我に返ってきた、というように、グインをねめつける。その目つきは鋭かった。

「はめおったな。俺を」

「何のことだ」

「俺が――きゃつを討つのを邪魔しおったな。それが、きさまのたくらみだったろう」

「何のことかな」

グインは云った。それから、おもむろに首をめぐらして黒太子を眺めた。その目によ
うやく、いくぶんおだやかな、微笑に似たものがかえってくるのを、スカールは憎らし
そうに見つめた。
「うわさにきく――いや、うわさにきいてはいたが……」
スカールはいまいましそうにつぶやいた。彼もまた、すっかり正気にかえったおもも
ちになっていた。
「そのまったくの闘士以外のなにものでもないような見かけにもかかわらず、ケイロニ
アの豹頭王は、実はなかなかの策士ゆえ気を許すな、と、かねがね忠告されてはいた。
いや、忠告というのはあたらぬ。そういううわさ話をきかされた、ということだ。なか
なかそれについては実感をもてなかったし、どういうことか理解も出来ずでいたが……
…」
「策士。何のことだ」
「策士、というにはあたらぬかもしれぬ。だが――」
スカールはひげをひねり、一回思い切り大きくひとふりしてから、愛剣をさやにおさ
めた。グインはゆっくりと身をおこした。草の葉を何枚かつかみとり、イシュトヴァー
ンの血に濡れた刀身をぬぐい、何回かかるく振って、それから鞘におとしこむ。ゴーラ
兵はルードの森の奥に引っ込んで、傷ついた王の手当に必死になっているのか、森はし

んとしずまりかえっているが、その奥で激しく右往左往するゴーラ兵のすがたがかすかに見える。

「おぬし」

スカールは、腹立たしげに云った。愛馬のハン・フォンが静かに並足で寄ってきて、スカールを案ずるようにその背中に長い鼻面をすりつける。草原のそこかしこに、あるじを失ったのだろうか、乗り手のない馬がたたずんでいる。また、草むらに倒れ伏してもう動かぬ馬のすがたもあった。足を折ったのか、苦しそうに腹を大きく波打たせて横たわったままの馬のすがたもある。

「最初からそのつもりで——急所をはずしたな。イシュトヴァーンの」

「何のことだ?」

グインは問い返した。スカールは鋭くグインをにらみつけた。

「俺にきゃつを殺させまいと——だが、きゃつにとらわれるのは困る。また、俺をきゃつに討たせるのも——」

スカールはふっと息をついた。そのするどい目が、苦笑にかげった。

「なんという思いきったことをする。おぬし以外の誰も、こんなことは考えつきもすまいし、そんなことをしてのける自信ももてまい。ケイロニアの豹頭王グイン、やはり、うわさどおりのやつだな。いや、うわさ以上の」

3

「だから、買いかぶりだ、といっている」

　グインは苦笑した。

「おぬしはとかく俺を買い被りたがるようだ。俺はそんな大した人間ではない」

「わずか九十騎の騎馬の民に、対するゴーラ兵は少なくも五千。――普通ならばまったく成り立たぬいくさだ。だが、おぬし――その五千の兵を退かせるには、イシュトヴァーンをやるしかない、と思ったろう」

「……………」

「なぜだ？　そこまではわかるが、なぜ、イシュトヴァーンを殺したくない？　おぬしの技倆なら、急所をはずさず、一撃で息の根をとめるなどたやすいはずだ。――俺の見たところでは、おぬしとあやつの技倆は天と地ほど違う」

「それは気の毒というもの。天と地ほどは違わぬさ」

「なら、『ルアーとトルクほど違う』といってもいい。中原では、そういう、ときいた」

スカールは嘆息した。そして、腰から、小さな水筒をとり、口にあててのどをしめした。

「いずれにせよ、おぬしならいつでもあやつを簡単に仕留めることができたはずだ。だが、おぬしは、脇腹を狙い――あばらのあいだをねらって急所を外した」

「未熟ゆえ、外しただけだ」

「云うな」

スカールはグインをにらんだ。

「あまり俺を舐めてもらうまい。こう見えてもかつては草原で、黒太子スカールと呼ばれた身だ」

「………」

「イシュトヴァーンが負傷すれば――それもかなりのいたでとみえる負傷をおえば、ゴーラ軍はイシュトヴァーンだけが遠征の頼りの綱、どれほど優勢でも、そのまま戦い続けろと指令する司令官なしではいくさは続けられぬ。ただちに撤退が指示されよう。――もうひとつ、イシュトヴァーンの気質」

スカールはグインを見つめた。こんどの凝視には、いささかの、賛嘆に似た色が混じり込んでいた。

「きゃつが、一国の王、大将軍にあるまじく、つねにおのれ自身が先頭にたって最前線に出たい気質であることは、たぶんおぬしが一番よく知っていたのだろう。——いや、たぶん、俺もおぬしも——多かれ少なかれ、われわれはそのような気質はもっている。俺などは、所詮その気質ゆえに国のよき王にはなれぬと思っていたものだ。だがその俺でもイシュトヴァーンほどそれが激しくはない。——ねらわれているのはおのれだと知れば知るほど——俺ときゃつのあいだの深讐があればあるほど、きゃつが、うしろに引っ込んで圧倒的に大勢の部下どもが俺たちを掃討してゆくのを安全なところから見守ってはおられぬ気質だ、まして俺とおぬしが殺到するすがたを見れば、どれほど部下どもがとめてもああして単身突き進んでくるだろう、ということも——おぬしは、知っていたのだろう？」

「………」

「なんだか、俺はおぬしにうまいこと利用されたような気がするぞ、グイン」

スカールは歯をむいてかなり獰猛に笑った。グインはちょっとルードの森のほうをふりかえった。

「そんなことより、早くこの場をはなれたほうがいい。早くユラ山地に入ることだ。でないと、イシュトヴァーンの容態がいのちにさわりなしとみたら、ただちに我々をどうするか、決断がなされようし、あるいはイシュトヴァーンが意識があれば、ともあれ俺を逃がすなと指令するだろう」

「わかっている。いま、仲間の状態を調べている」

スカールは頭をそちらのほうにふってみせた。そこにター・リーが駈け寄ってきた。

「スカールさま」

「どのくらい、やられた」

「死んだのは、四十三人。怪我もなくすんだ者は私をいれて五人。あとは、大なり小なり怪我をしています。馬は三頭をのぞいては大体無事です。スー・リンも、カン・ウェンも、タン・タンも死にました」

「クーランは」

「左腕をやられましたが馬には乗れます」

「カン・ゴウは」

「死にました」

「ハウ・ランは」

「かなり出血がひどく、明日までもつかどうかという感じです。それからマー・オンは目をやられました。片目はかろうじて助かりそうですが」

「そうか」

スカールは辛そうにつぶやいた。

「四十三人。──ともかく、追手のかからぬうちにここを離れねばならぬ。たいした、弔いの儀式はしてやるひまはないな」

「覚悟の上です。太子さま」

ター・リーがスカールを見た。

「スカールさまの部の民としてついてきたときから、いずこかの草原にかばねをさらし、とむらいの儀式もない覚悟はとうについています。みな、気にしません。太子さまから、モスの詠唱だけ、あとで死んだ者にあげてやって下されば」

「ああ」

スカールは短く云った。

「そうそうにユラ山系にむかう。生存者を集め、重傷で馬に乗れぬものは誰かがともに鞍の前にのせてやり、それも出来ぬものは置いてゆけ。どのくらい、置いてゆくものがいる」

「八人」

「そうか」

「そやつらは自決します。乗れるものはもう、助け合って馬に乗るよう、とりあえずの血止めと手当をしています」

「わかった。出来たら知らせろ。早急にユラ山系にむかう。ユラ山地に入れば、身をひそめられる洞窟のひとつも見つけて、そこでちょっと休ませてやれる」

「私は草原で薬草になりそうな草を摘みながらゆきますから、少し遅れます」

「わかった」

スカールはうちぶところから、何かをとりだした。それは小さな、ひもで首にさげられるようになっている革袋だった。スカールはそれをはずしてター・リーにさしだした。

「死んだやつの髪の毛を一房づつ、切ってここに入れてこい」

「ウラー」

ター・リーは短く答えると、ただちにまた草原の死者たちの屍にむかってかけだしていった。

「なんと、わびてよいか、言葉が見つからぬ。スカールどの」

グインは低く云った。

「俺を救ってくれるために、スカールどのの部の民は、これほどの」

「何も云うな」

スカールは厳しく云った。

「そんなことばをおぬしの口からきくために、このようなことはせぬ。――俺が選んで、こうした。俺を選んだ部の民が、俺の決定についてきた。きゃつらは、そのためにいのちをおとすのは当然だと思っている。選んだのは、俺であり、俺を選んだのは部の民だ。

誰も後悔せぬ」

「しかし」

「かつて俺がノスフェラスにゆく、と決めたときも——かれらはついてきて、そしてほぼ全滅にひとしい大被害を受けた。——だが、誰も、俺を責めなかった。草原では、われらはつねに一蓮托生。——そうであればこそ、自ら選んだことの結果は決してひとにはかけぬ」

「相済まぬ」

グインは低く頭を垂れた。

「おぬしらがいなければ、イシュトヴァーンの手に落ちる以前に、あのぶきみなゾンビーどもに食われていのちをおとしていた。この恩義は、いずれ必ず」

「恩など、感じてくれなくてよい。ただ、俺の——俺の女仇討《めがたきう》ちの邪魔をしてくれたことについてだけは、いずれ決着をつけさせてもらう」

スカールの目がぎらりと光った。だがその口もとにはかすかな苦笑に似たものが漂っていた。

「おぬしは、俺のことを——さぞかし愚かな妄執にかられた馬鹿者だと思っているのだろうな。このような時になっても、あれほど時間がたってもなお、女、女といっている。それほどその女に惚れていたのか、女々しいやつだと思いもしよう」

「べつだん。その女性は太子を庇って命を落としたときいた。ならば、妻の、愛人のというより、おのれを助けてくれた人間への恩返しというものだろう。それは、筋の通った話だ」

「そういってくれれば、心がやすまる。が、本音をいえばもう、俺には、リー・ファの仇としてイシュトヴァーンをうつよりほかには、人生の目的というものが、何もなくなってしまったのかもしれぬ」

スカールはおのれをあわれむように笑った。

「もともと、風のように勝手気儘に生きたい――という、ただそれだけしか考えておらぬ阿呆だったが、この年になってみると、家もなく、家族もなく、国もなく、守るべきものもない――ただ、部の民があるばかりで……」

「………」

「それは、後悔などせぬ。だが、ついてきてくれる部の民にこたえるべき恩賞の与えようも、もう何ひとつもたぬこのスカールになってしまった。かれらには申し訳がない。ただ俺が与えることが出来るのは、いずれ俺もともにいずれとも知れぬ野末の草原にかばねをさらすのだ、お前たちだけはゆかさぬ、というだけのことでしかない」

「………」

「モスよ」

低く、スカールは云った。そして、右手をあげ、何か空に文字のようなものを描くようなしぐさをした。

「天空の神なるモスよ。今日召されたいのちをそのもとに引き取らせるべし」

ひげの下のひびわれたくちびるがかすかに動いた。なにか唱えてでもいるようすだった。

「スカールさま」

ター・リーが駆け寄ってきた。

「支度ができました。ものども一同、なんとかして騎乗し、スカールさまの御命令をお待ちしております」

「では、行こう」

スカールは云った。そして、からだをいくぶんひきずるようにして、愛馬ハン・フォンに乗った。かなり疲労困憊しているようすだった。

「こやつの血筋ももう、俺を乗せて四代目になるのだよ。グイン」

スカールはつぶやくようにいった。

「かなりの死傷者が出たが、馬どもは無事なものが多かった。おぬしは今度は楽にゆかれる。馬が疲れたとみたら他の馬に乗り換えてくれ。乗ってやったほうが、草原の馬は喜ぶ。ともかく、この地をはなれ、少しは安全な場所にうつらねばならぬ」

「ああ」

グインは短く答えた。そして、ター・リーが連れてきた馬をなだめながらそれにまたがった。

いつのまにか、日がかたむき、ふたたび夜がゆるやかに訪れようとしていた。草原には、るいるいたる死屍が横たわり、そのまま置き去りにされて朽ち果てるのをまつばかりだった。ルードの森はひっそりとしずまりかえり、これもまた、何もかもを飲み込んでしまったようにみえる。

一行は動き出した。九十人に減った人数がさらに半減して、しかも大半が負傷し、あちこちに血をにじませたり、いたみをこらえてうめき声をあげていたりする、惨めな隊列であった。それでも、生を得たものはまだしも幸運だったと云わなくてはならなかっただろう。ひっそりと、草原に置き捨てられた死者たちを、とむらうものは何もありはしなかった。

＊

「よし」

スカールの命令がひびくのを、ひそかに一行は待ちこがれていたのかもしれなかった。

「全員下馬。今夜はここで夜営とする」

スカールが、夜営の地に選んだのは、ユラ山系のもっともとっつきの山中に入っていって、それほどまだ山深く入り込まぬ、林の向こうにひっそりとひそんでいた洞窟であった。

その洞窟のあることは、どうやら騎馬の民たちははじめから知っていたようだった。スカールはゆくあてもなしにやってきたのではなく、まっすぐにその洞窟をさしてきたようであったからだ。

騎馬の民たちは崩れるように馬から下りた。かなり怪我の軽いものでも、騎乗して長い道のりをゆくのはつらい。しかも、それはまがりくねった狭い山道である。なかには、馬からおりて、馬をいたわりながら歩いてゆかねばならぬ崖道もあり、かれらは相当に疲労困憊していただろう。

かなりの数の馬たちがあるじを失い、手綱を前の馬の乗り手に紐でひかれておとなしく歩いていた。それらも、山道にゆくとなかなか進まなくなりがちであったので、なだめたり、すかしたりしながら乗り手のないカラ馬をかりたててゆかねばならなかった。草原の馬たちはきわめてよく訓練されていたが、もし中原の半端な訓練しかうけてない馬だったらとうてい、こんな山道を、乗り手もなくおとなしくついては来なかっただろう。

グインはしかし、乗り手のない馬がたくさん出来てしまったおかげで、次々と疲れたら馬をかえてやりながら、わりあいに楽に進むことが出来ていた。かなり暗くなるまで進んでから、スカールの夜営の命令が下ったのは、スカールなりに、ゴーラ軍の追撃がかかることを案じていたのだろう。

かれらはへとへとになりながら馬をおりると、わずかに広くなっている洞窟の前の空き地に、何本かの立木に馬たちをつなぎ、洗ってやる水もないままに、そのへんの草を刈ってかいばがわりにあたえてやって、そして洞窟のなかにころげこんだ。重傷でようよう馬に乗ってついてきたようなものは当然、それをする力もなく、仲間にかかえおろされて、洞窟の奥に連れてゆかれた。そこに、軽傷のものと数少ない無事なものたちが、マントをしき、負傷者を寝かせた。かれらのうけた手当もまったく臨時の、血止めと消毒だけのようなものであったから、こうして馬に乗って強行軍をしたあとではひときわ傷がいたむのだろう。あちこちから、大きな呻き声が、おさえようもなくあがり、あたりは野戦病院さながらの様相を呈していた。

スカールは重傷者をなるべく洞窟の奥に寝かせ、軽傷者と無事なものとで洞窟の外側を見張らせながら、洞窟の入口近くで小さな焚き火をさせた。追手に発見されることをおそれて、きわめて小さな火しかたくことが出来なかったが、それでも、ぱちぱちとあたたかな火がもえひろがり、洞窟のなかが少しあたためられると、かれらはほっとひと息つくようすだった。もうそのころには、あたりはとっぷりくれて、ルードの森のあやしい夜でこそないものの、こんどはユラ山系の深い山の夜が訪れてきていた。

食べ物といっては、携行している草原の民の非常食のようなものばかりだったが、かれらは文句も言わずそれを口にした。くるときにあらかじめ泉のある場所を探しあててあったらしく、何人かの軽傷者が水をくみにゆき、皮ぶくろにたっぷりと持ってきた水をつかって重傷者の傷口を洗ってやり、薬をぬり、薬草をあてて包帯をしなおしてやるのに、しばらくみな忙しかった。

スカールはグインにも少しばかりの干し肉と干した果実をあてがい、水でゆるめながら食べるように云った。そしておのれもごくわずかの干し果実を口にしたが、疲労のあまり、食欲もそうはないようであった。

「スカールどのも、休まれたほうがいいのではないか？　かなり、具合が悪そうだ」

「これは、怪我のためでもなければ、疲労のためでもないから、休んだところで所詮は同じことだ」

スカールはうっそりとつぶやくように云う。

「これは——これが、ノスフェラスで俺をとらえた病気……何回も、全快したかとみせかけてはしつこく俺を襲ってくる病の正体だ。からだじゅうが脱力し、気力が萎えてくる。食欲もなく、食べればもどしてしまい、どんどんやせ衰えてくる。髪の毛が抜けおち、腕の力も喪われる。——だが、まだ、なんとか俺は生きている。それはまったくあのグラチウスの黒魔道のおかげなのだが」

「グラチウス……」

「おぬしは、あまりあのあやしい老人が好きではないらしい」

スカールはおかしそうにグインを見た。

「まあ、その気持もわからんではない。あまり信用の出来そうな奴ではないからな。だが、俺にとっては、信用出来る出来ないではなく、きゃつのおかげで生かされているようなものだ。――それはあまり愉快なことではないがやむを得まい。――どうした、もう少し炎に寄るといい。山となると夜は冷え込む。せめてからだでも温めてやれば少しは空腹もまぎれよう。――あれだけではおぬしの巨体ではとうてい足りないだろうからな。あれでも、一応、死んだ者たちの分が減ったので、うんと楽になったのだが」

「いや。充分いただいた」

「おかしな夜だ」

嘆息するようにスカールは云った。そのひげ面が、ちらちらと燃え上がる小さな焚き火の炎に照った。

「このようないずことも知れぬ山中で、おぬしのような不思議な、神話めいた生物を前にして火を囲んでいるとはな。――やはり、生きているほうがいい。生きておらねば、このような不思議を味わうこともできなんだ」

「……」

「グイン。これから、どうするつもりだ」

「俺は」

グインは考えた。

かろうじてイシュトヴァーンの手は振りきったのだろうか。いや、イシュトヴァーンには、深傷をおわせたけれども、イシュトヴァーンの妄執にまではとどめをさしていない。かえって、この傷のゆえにいっそう、イシュトヴァーンの怒りと執念はたかまったかもしれぬ。それとも、今度こそ、あやしいルードの森を見捨てて、なんとかしてイシュタールにまっすぐ戻り、静養して傷の快復につとめるよう、必死にマルコあたりがイシュトヴァーンを説得するだろうか。

あるいは、イシュトヴァーンの傷が思いのほか深ければ、説得するまでもなく、イシュトヴァーンがどうあれもう、追撃することもかなわぬ、という可能性もある。その場合には、ともかくトーラスに戻って傷を多少いやしてから、イシュタールに戻る、という方法を選ぶかもしれない。

だがまた、思ったよりも深傷を負わせてはいなかった場合には、イシュトヴァーンが、数日療養しただけでなんとか馬にのり、指揮をとれる程度にまで回復し、執拗に追いすがってくる、ということも考えられなくはなかった。もっとも、その可能性がもっとも少なかろう。よしんばかなり浅手であったにしたところで、ルードの森よりもさらに、ユラ山地の山道のほうが、怪我人が馬ですすむには難儀が深いはずだ。もっともそれをいうならば、逃げるこちらのほうも、怪我人ばかり——しかも中にはかなりの重傷者もいる。

「俺は……わからぬ」

正直なことばが、グインの口をついて出た。

「俺は本当は……」

「本当は、どうしたいのだ？　俺はかねてから、疑問に思っていたことがあった。——おぬし、なぜ、ケイロニアに帰りたがらぬ？」

「……」

ぎくりとして、グインは、スカールを見た。

「何と？」

「俺の目は節穴ではない」

スカールはうっそりと云う。

「おぬしは、ケイロニアに戻りたがっておらぬ。——ケイロニアから、おぬしの行方をたずねる遠征軍がユラニア国境にまで出されている、という情報は俺の耳にも入っている。俺は、おぬしをそこまで連れてゆけばいいのだと思っていた。だがおぬしは……その話になるとどうもさりげなく話をそらしたり、口を濁したりして、帰りたがらぬ。何故だ？　何か、ケイロニアに帰りたくない訳があるのか？　俺にならば、打ち明けてもらってもかまわぬ。俺が他言する相手など、どこにもおらぬからな」

「……」

「むろん、俺を信用出来ぬ、ということであれば、それでよい。ただ、俺に、どうして欲しいのか、この上何を助力すればよいか、いってくれればよいだけだ。――そうしたら、そうしてやればするし、することはもうないというのならそれもそれだ。俺は最前は毒気をぬかれておぬしにしてやられてしまったが、イシュトヴァーンの命を諦めたわけではない。いまから、あらためてきゃつをつけねらってもいい。――もっとも、もちろん、負傷しているあいてを討ち取ったところで男として誇りにはならぬ。イシュトヴァーンがまた動けるようになってから、あらためて勝負を挑むつもりではあるがな」

「おぬしを信用しておらぬわけではない」

グインは云いにくそうにいった。

「ただ――」

「ただ、何だ」

スカールはうろんそうに云う。ぱっと炎が燃え立ち、スカールのひげ面をあかあかと照らす。あたりは深い闇に包まれている。洞窟の奥では、負傷者のかすかなうめき声が聞こえてくる。

「なんだか変だな。おぬしは——出会ってからずっと、俺に何かを隠している、そんな感じがする。それは心外なことだ——べつだん、秘密があって、それを俺に知られたくないというのなら、それほど気にすることはない、俺はむりやりひとの秘密など口をこじあけさせて奪おうとは思わぬ。俺はただ、このの ちどうしたらいいのか、俺の助力がもう必要でないのか、それとも必要なのか、それをいってほしいだけだ。なんだか、おぬしらしくない——などというともう長いこと、おぬしを知っている者のようないいぐさだが、まだ出会っていくらもたっておらぬが、何よりも俺は、ともに剣をとって戦ったということを信じる。それはどんなに多くを語り合うよりもたくさんのことを教えてくれる。俺はおぬしがどんな男か、あのイシュトヴァーンとの戦いでだいたいわかったつもりだ。その俺の感じたおぬしと、いまのおぬしの態度とは、なんだかあまりそぐわない。それだけのことなのだが」

「……」

グインは、スカールをじっと見つめた。

スカールは黙って見つめかえす。ふいに、グインは、大きく息を吸い込んだ。腹が決まった。というよりも、なにものかが、そうするように、彼をそそのかしたのかもしれなかった。

「スカールどの」

彼は静かに云った。

「おぬしをたばかっていたのは、申し訳なかった。——たばかろうとしたわけではない、ただ俺自身もどうしてよいか、わからなかったからだ」

「グイン——？」

「だが、俺も——俺もおぬしとともに戦ってみてわかったこともある。俺はおぬしを信用する」

「…………」

「俺は、ケイロニアに戻れぬ。戻るわけにゆかぬのだ。——いや、戻る、といっていいかどうかもわからない」

「どういうことだ、グイン」

「俺は」

グインは唾を飲み込んだ。それを口に出すことを、おのれがいかにおそれているかがよくわかる。

「俺は——記憶を失っているのだ。ケイロニア王としてのすべての記憶を」

4

「何だと――？」

いぶかしげに――無理からぬことではあったが――スカールは聞き返した。そしてそっと、かたわらに部下たちが用意した細いそだをぬきとって火にくべた。

「何をいっている？」

「俺は、すべての記憶を失ってノスフェラスで目覚めたのだ。――その前にどこでどうしていたのか、いったいどのようなことを俺がしてきたのか、それもかいもくわからぬ。いや、その後、いろいろな出会った相手に――それこそイシュトヴァーンなどに、つらつらときかされたことばのはしばしをつづりあわせて、どうやら俺はこういうこともしたらしい、こういう存在でもあったらしい、ということはだんだんわかった。俺の名はグイン、そのことだけは覚えていた。というより、最初にその名で呼ばれたとき、俺はそれがおのれの名であることをすぐ理解した。それがおのれの名である、というようなことは、なぜか知らず、何も覚えていなくてもわかるものだ。――だが、セムとラゴンばかりのノスフェラスの砂漠では、いったい何が何やらわからず、俺はいったいおのれが何者なのか、いったいどうしてこのようなすがたかたちをしているのか、何ひとつわからなくて途方にくれていたものだ。ずっと、毎日俺は砂漠をながめながら膝をかかえて考えこんでは途方にくれてばかりいた。それから、しぶしぶセムのものなどが教えてくれた——本当は、まことの世界はケス河の向こうにある、と。——それで、俺は……セムの村を出」

グインはちょっと首をふった。ここで、スカールに、ウーラやザザのことを語ったところで、いっそう話がややこしくなるばかりだろう。

「俺の記憶を取り戻す手がかり——というより、その名をきいて俺が何か感じ、そのおのれの反応で、これはもしかして以前になにかかわりのあった相手なのかなと思ったひとつの名だけをあてにして、俺は中原におもむこうと思った。——その途中で、俺が、どうやらケイロニア王と呼ばれる身分であるらしいことはわかってきたし、イシュトヴァーンの話などから、ケイロニアというのがこの世界の一番の大国であることや、俺がそこの皇帝の女婿《じょせい》であり、それゆえにケイロニア王と呼ばれているらしいこと、などもわかってきたが、しかし、俺はまだ、じっさいには何の記憶も取り戻しておらぬ。このあいだ、奇妙な体験をして、もうひとつだけ確かな手がかりと感じられるものを得た。だが、それも——それをどこまで信じていいのかわからぬ」

「それは、何だ？」

疑わしげな、というよりも、とうてい信じがたい、という顔をしながら聞いていたスカールは、眉を一直線になるほどしかめながらきいた。

「それは……」

グインはまた考えこんだ。あの、《マリウス》の歌声のこと――彼の胸のなかにふしぎな劇的な反応をひきおこした夢のなかの歌声のことなどを語ったところで、また、彼の重い口では、うまくスカールに伝わるとは思えなかった。

「それはその、もしかしたら……俺には兄が……義兄らしいが、いたらしい、ということだ――その兄にあたる人物のことが、少し思い出せたという」

「兄？　義兄？」

いぶかしげに、スカールは聞き返した。

「おぬしに義兄が？　おぬしは、ケイロニア皇帝の皇女の夫――ああ、そうか。俺もうわさにはきいたことがある。あの、あとから出てきた二番目の皇女、というあやしげな話だな。その皇女は夫である吟遊詩人もろとも、皇帝家に迎え入れられたが、そちらの娘のほうが皇帝に気にいられてしまったため、もともとの皇女である姫はかなりつらい立場に追いやられた、という話をも聞いた」

「………」

グインは、考えこんだ。

だが、それについて、あれこれと考えるだけの資料はなにもなかったので、それについてそれ以上考えることはできなかった。

「それはわからぬ」

慎重にグインは云った。

「だが俺は――とりあえず、スカールどのは、俺が記憶を失っている、という話をきいて、信じてくれるのだな？　とてつもない話だとは思わぬか？　あまりにも、突拍子もないので、俺が何か奇妙な言い訳をしている、とは感じはせぬか？」

「もっと違う話ならあるいはそう思ったかもしれぬ――おぬしが何か重大な秘密を隠そうとしている、と思ったかもしれぬが、あまりにも突拍子もない話だったので、これは真実以外のものではありえぬと思った」

スカールは苦笑した。

「おぬしは、吟遊詩人ではない。そんなばかげた話を、無理やりでっちあげるような人間には思えぬ。――ということは、どれほどばかげてきこえても、それは真実なのだろう」

スカールは眉をよせてグインを上から下まで眺めた。

「記憶を失っている――？　そんなことがあるものなのか。まあ、落馬して記憶を失ってしまった騎馬の民などというのは見たこともあるし、だから、そういうことがあるのだろうということはわかるが……まったく、記憶は戻りそうもないのか？」

「皆目」

グインは重荷をおろした思いで、ほっとしながら云った。

「いや、ところどころ——会ったときにこの相手はどこかで知っているとか、その名はきいたことがあるとか——また、このような状況は、前にもあったことがある、ということは……ノスフェラスを出ようとしたとき、ドードーと戦いになった。ドードーを持ち上げたときに、以前にもこのような戦いをこの男としたことがある、ということははっきりと思い出せた。——全体に、からだの感覚がからんだことのほうが、思い出しやすいようだ。ことに戦うしかただの、馬の乗り方だのというものは、思い出さなくても、からだのほうが勝手に動いてくれる。俺はどうやら、よほどそういうことばかりしてきた人間であったらしい」

「ケイロニアの豹頭王といえば世界最高の戦士として知られていた」

スカールは瞑想的に云った。

「いったいどれほどの戦士なのだとかねがね思っていた。——だが、今日、つくづくと思い知った。このような風評というのはつねに、実地に目のあたりにしてみると失望させられることのほうが多いものだ。だが、おぬしに関するかぎりは……」

スカールは首をふった。

「俺は、たとえどれだけの美辞麗句がつらねられていたとしても、そんなものはまったく何のおぬしの実態を示す役にもたっていなかったのだということがわかった。——おぬしは、世界最高の戦士、というようなものではない。——おぬしは、軍神、だ。グイン」

「これはまた、身にあまることを」

「俺は生まれてこのかた、このようなことを口にしたことはない」

スカールは肩をすくめた。

「おのれが最盛期、もっともからだもよく動いた時期には、かなりおのれがいい戦士なのではないかと思っていたし、非常に自信をもってもいた。だが、そのときに俺のもっとも信頼する部の民たちの精鋭を集めてでも、おぬしと戦うのは、俺は自信がないだろう。一騎打ちはましてや——いまのこの弱った俺では、二合ともつまいし、かつての、もっとも元気のよかった俺は——おかしなことだな。そのころの俺が出てきたら、いまの俺はこの弱ったからだで、逆に、なんとしてでもうち負かしてやる自信があるのだよ。グイン。おかしなことだな——俺は、このごろになって、からだが動くとか、力があふれているというより、戦うとはどういうことかを知っているほうが、はるかに有利なのだということを思い始めている。そうでなくては、このようなからだで、部の民をひきいて山野をずっと渡ってゆく自信はとうてい持てなかっただろう」

「さきほどのイシュトヴァーンあいてのおぬしの戦いぶり――」

「……」

スカールは言葉を探すようすだった。

「なんといったらいいのだろう。両手を使ったら一瞬にしてあやつをねじふせてしまうだけの力をもつ――おとなと子供ほどの力の違いのあるものが、まだ片手だけを使って、それも利き腕でないほうの手だけを使って子供の相手をしてやっている、それでも子供はどうすることもできぬ、というような感じをうけた。これほどに上下の差があるものなのかと――俺は、憎んではいるし、殺すことをおのれの目標にしてはいるが、イシュトヴァーンとても決して悪い戦士だとは思っておらぬ。方向は間違えたにせよ、あれは本来はなかなかいい戦士だ。いくたびか剣をまじえたとき、よこしまだし、自己流ではあるが、しかし、何か――そうだな、あの男の戦いかたのなかにはもっともよくあの男があらわれている。というより、あの男は、戦っているときが一番正直だし、幸せそうだ。それが俺は恐しいと思う。――戦わなくては、真実であれなくなってしまう、というような人間はあまりにもゆがんでいる。病んでいる。不幸なことだ」

「それは――そのとおりだ。スカールどの」

「その、なかなかいい戦士――おそらくは、世界すべてから百人の戦士をつのって勝ち抜き戦をやらせたとしても、イシュトヴァーンはかなり上位までゆくだろう。技倆は自己流で剣などもさほどのこともないが、さきにいったとおりだ――あやつは戦い方を知っている。戦い方というよりむしろ、生き延びかたを心得ている、というべきだろう。いざとなるとあいつはおのれの身を捨ててでも助かろうとする、という、めったに誰にも出来ぬことが出来る。――この前にたたかったとき、きゃつは崖下に自ら身を投じて、俺から逃げてしまった。あいつは逃げることに何のためらいも持たぬ。おかしな自尊心も、誇りもすべてかなぐりすてて、生き延びようとする――それだけは、まことに凄いと思う。変な話だがグイン、さきほどおぬしがきゃつを怪我させたのだって、イシュトヴァーンのほうはおそらく、おぬしに《本当の殺気》ではない、つくろった殺気というか、本当にいのちをとろうというのでない闘気を感じたから、油断したのだよ。――そこまで読んでやったのだとすると逆に俺はおぬしが恐しいが、本当におぬしがきゃつを殺そうとしたのだったらきゃつはおそらく、あっという間もなく兵士たちのうしろに逃げ込んでしまうと思う、さいごにはな。だが、俺は――ある意味、あやつのその、生き延びようとする本能のようなものだけは、世界最高の戦士にもまさっている、だからこそ、やつは、ほかのもっといい戦士がみな斃れたあとにも立っているかもしれぬ、と思うのさ」

「ウム……」

「だがおぬしのほうは——それともまた、ケタが違っている。おぬしは、たぶん俺の言ったその、世界有数の百人の戦士を全部集めておぬしに斬りかからせたとしても、なんとかして切り抜けてしまうのだろうな、という感じがする。なぜそう思うのかわからない、どうやっておぬしがそやつらに勝つのかはわからないが、俺ならば、おぬしと戦う戦士にはならぬ。おぬしと戦う戦士に金をかけもせぬ。——おぬしは、いつも、つねに、『まだいくらでも余裕がある』ように見える——それがすさまじい」

「買いかぶりだと何回もいっている」

グインは笑った。

「かつてはどうだったのか知らぬ。だがいまの俺は——あのゾンビーどもがあらわれて、俺をとって食おうとしていたとき、俺はもうやられる寸前だった。あそこでスカールどのがあらわれて助けてくれなかったら、俺はきゃつらにとって食われていたと思うが」

「そんなことはありえんし、じっさいにはおぬしは俺などの力は必要なかった、とは思っているが」

スカールは鼻で笑った。

「だが、まあ、あやつらに関しては——あとからあとからきりがない、ということのほかにも、ああいうやつらだからな。気勢をそぐにはあれほどいい敵はおらぬ。まともな人間なら、あのおぞましい姿をみただけで気力が萎えてしまう。あれと戦うのは、一千人の人間の敵と戦うのとわけが違う。俺も、あやつらはまず触りたくもない、というところで、ずっときゃつらと戦っていたら、俺とてもあやういだろう。――部の民たちにまかせてしまって、なかなかに卑怯だったと思うが」

「あれも――かつて見たことがある、という気がしてならぬ」

グインはつぶやいた。そのトパーズ色の目が瞑想的にきらめいた。

「いや、どこかで――戦ったことがある。だがそれも、いったいいつの記憶なのかかいもくわからぬ。それどころではない――ケイロニア、という国のこともわからぬ。俺がいったいなにもので、なぜこんな頭をしていて、なぜこんなに……戦えるのかも、なぜあんな砂漠のまんなかにいたのかも――いろいろ、説明してももらったが、何をきいてもなんだか雲を摑むようで、信用していいかどうかまったくわからぬ。……いったい誰のいうことを信じていいのか、いまの俺ならば、まったく嘘いつわりの出鱈目を云われたところで、信じてしまいかねぬ。そう思うと、誰にもおのれが記憶を失っていることを、恐ろしくて告白できぬ」

「イシュトヴァーンは知らぬのだな。――むろん」

「もっとも知られたくなかった」

グインはかすかに身をふるわせた。

「何故かわからぬが、イシュトヴァーンという男には、おのれはかなり深いつながりがある、という感じが、そもそもの最初からしていた。はじめてイシュトヴァーンの名をきいたときから、何か得体の知れぬ激しい感情——慚愧《ざんき》の念とでもしかいえぬものがこみあげてきて、これはただの仲ではないようだと思っていたのだが……直接会ってみて、あやつにだけは俺が記憶を失っていることなど知られたら、もう大変なことになりそうだと思った。何をどう大変かはわからぬが……イシュトヴァーンにそのことを利用されると、それこそどうなるかわからぬのではないかという感じがして……」

「まあ、その直感はまさに正しいと云わねばならぬだろう」

スカールは力強く云った。

「だが、おぬし、最前は、ずいぶんと——まったくすべてをわかっているとしか思えぬようなことをいってイシュトヴァーンと切り結んでいたものだが。深い恩讐の絆がどうとやら。あれは全部はったりなのか」

「はったり、というか」

グインは困ったように、

「まあその——あのとき何を云っていたのかは、俺のほうは実はあまりよく覚えていなくて——途中から、ほとんど無意識に……口が動くままに何かいったり、からだが動くままに行動していたので、なんというか……何をしていたのか、よく覚えてなくて……」

「なんということだ」

スカールは呆れかえったようにグインをじろじろ見た。

「そのような話も、まことならば、俺のような気質の人間には、とうてい信じがたいところだが——不思議なことだな。おぬしが口にすると、なぜ、どんなとてつもないことでも、あるかもしれぬ、なるほどそういうこともありうるかもしれぬ、と思われてしまうのだろう。——まるで、魔術にかかったような心持がする」

「俺は、何か言っていたのか——俺のほうが、確かめてみたい気がする」

やや恥ずかしげにグインは云った。

「あのとき、途中から——なんだかあまり記憶がなくなって、気が付いたら、イシュトヴァーンが倒れていて、まわりでゴーラのものたちが叫んでいた。それまで、なんだか——いや、たしかに戦ったり何か叫んだりしていたのはおのれなのだが、それが途中から、なんとなくなにものかの命令どおりにただ動かされていただけのような感じで……いま、過去の記憶がまったくない、というのはそれとは全然意味が違うのだが、あのときはあのときで——何か別のものが俺のからだに入ってきたような、そんな感じがして……」

「別のもの」

スカールは眉をひそめた。

「それは、何かがおぬしにとりついたとか、何かの霊魂がおぬしをあやつったとか、そういう話なのか。われらは草原の民、そういうたぐいの話はずっと好かなかったのだが――だが、こうして中原を長いあいださまよい歩くようになってから、そうもいってをられなくなった。じっさい、光明るい見通しのよい草原と、石造りの都が続き、そのあいまは深い山々や森でおおわれている中原とでは、ものごとのありようがかなり違っているのかもしれぬ。――中原をさまよい歩いてみると、古城で啜り泣く者のまことには聞こえぬはずの声をきき、さまよい歩く者の姿を見てしまったり、古い街道筋をゆくまぼろしのような隊商をみて、近づいてゆくと消えてしまったり――どうにも、いかな草原の民といえど否定できぬほどに、たくさん、怪力乱神のたぐい、幽霊や魂魄は実在する、というあかしに出会うことが多い。――が、それはよいことだろう。俺はかつて、ずいぶんとたわいもなく単純な人間だったような気がする。いまも、同じようなものだろうが、少しは、中原に多くある不思議な出来事にぶつかって、人間が大きくなった。それとも、暗くなった、と云われるかもしれぬが。かつての俺であったら、おぬしの記憶を失った話も、そのなにものかが動かしてあの場を切り抜けさせた話も、まったく理解できず、馬鹿にして笑ったり、逆におぬしに俺をあなどられているのか、と怒り狂ったりしかねなかったと思う。だが、いまは――」

スカールはつと手をのばして、グインに差し出した。

「なんだか、ずっと、あわただしいことばかりで、落ち着いて挨拶らしいものもしておらなんだな。改めていうのもおかしな話だが、俺はもと草原の国アルゴスの、現在の王スタックの弟として王太子たり、そののち、兄に幼いまことの王太子が生まれたのをしおに退いて浪々の身となった。黒を好んで身にまとうにより、黒太子スカール、とひとはわれを呼んだ。――おかしな生々流転の運命により、故郷アルゴスをも、光あかるい草原をもあとにしてもうずいぶんと長い。その間に、妻と呼ぶ女も失い、故国との絆もうしない――いままた、ここに、さいごの部の民をも半減させてしまった。もう、俺はただの一介の風来坊にすぎぬ。何の力ももたぬ、ただの宿なしだが、おぬしに出会えてよかった。こののちともに、よしなに頼む。豹頭のグイン」

「こちらこそ、おぬしのおかげで冥加《みょうが》にいのちを救われた。いくら礼をいってもこの恩義には足りぬ。――ましてや、俺を庇ってともにたたかってくれたがゆえに、多くの部の民を失われた。それについては、何を補償しようもないが、ただ、俺もいつか、いのちをかけておぬしにこの恩義を返したい、としかいいようがない。すまぬことをした」

「なに――」

スカールは寂しそうに笑った。

「俺も遠からずきゃつらに追いつく。――明日の朝日とともにモスの詠唱をささげ、天にのぼってゆくかれらに祈ってやろう。死者のため、深い夜に祈るのは、あまりよくないと云われている。逆に、この世への未練をひきおこさせて、死者が戻ってくる、とな。そのようなことばも、中原にくるまでは、ただのたわけた伝説だとしか思っていなかったが――この世には、俺の知らぬこと、わからぬことがどれほどたくさんあるのか、やっと理解しただけでも、俺にとっては、このすべての苦しい試練や漂泊は、意味のないことではなかったのかもしれぬ。――俺の手をとってくれ、グイン。そして、俺の手を握ってくれ」

「ああ」

グインは、さしのべられたスカールの手を握った。

「せんだってのは、近づきの挨拶で――そしてこれは、俺は生涯おぬしの親友たろう、という誓いだ」

静かにスカールは云った。

「おぬしを救うために死んだ四十三人の部の民の魂にかけて――おぬしはそれだけの価値のある人間だと俺は信じる。でなければ、きゃつらも救われぬ。死なせた俺も救われぬ。――これまで、多くの、本当に多くのいとしい部の民を死なせてきた。よくぞ、この俺などにつきあって、このような遠い遠い地の果てまでついてきてくれたものだ。――どんどん、友が死んでゆくのを目のあたりにしながら」

しんみりといって、スカールはそっと目がしらをおさえた。

「だがもうくりごとは繰り返すまい。おぬしが記憶を失っている、ということばも俺はそのまま信じた。で、どうする？　ケイロニアに戻りたくない、というのは、結局、いまケイロニアに戻っても、何がまことかわからぬ、と思うからか？」

「まさにそのとおり」

グインはゆっくりと云った。

「ひとつには、ケイロニアの人たちというのは、きわめて——いい人間たちらしい。よくは知らぬが、これまでいろいろと聞き合わせた話では、どうもそういう感じがする。しかもこの俺をこよなく慕ってくれているようだ。そのかれらを失望させたくない。俺はどうやらケイロニアでは、おのれでいうのも変だがかけがえのない英雄であったようだ。それがこんな変わり果てた姿になり、おのれの妻や部下の顔も見分けがつかぬようになって戻ってきたら、かれらはどんなに失望するだろう？　俺はこのような異形——その異形の俺をあたたかく迎え入れてくれた国であったのならなおさらのこと、そこにこのいまのありさまを見せたくない、というのがひとつ」

「いまひとつは？」

「いまひとつは——」

グインはふと口ごもった。

その、刹那であった。

「待て」

するどくグインは云った。同時に、その手のなかに、青白く光る剣があらわれた。

「スナフキンの剣よ！」

低くグインが唱えたのだ。

「どうした。グイン」

ただちに、スカールが腰をうかせた。もうその手は剣をつかんでいた。その声をきいて、洞窟の入口近くに横になってじっとすでに眠りにつきかけていた騎馬の民たちもはっと身をおこし、同時に剣をつかみとった。

「様子がおかしい」

グインが低く云った。その目が青白く光った。

「何かの気配が近づいてくる。きゃつらかもしれぬ」

第四話　北の豹、南の鷹

1

「きゃつ――だと」

スカールは鋭く云った。そして耳をすました。

だが、スカールの耳にはなにも異変は聞こえてはこなかった。ただパチパチと優しく静かに燃えている小さな焚き火のはぜる音と、そして、洞窟の奥の負傷者たちがおさえきれずにもらす呻き声、それしか聞こえてこない。静かな山地の夜だ。

「何も聞こえぬが」

スカールは極力グインの邪魔をせぬよう、低い声で云った。

「きゃつらとは……？」

「あの、ゾンビーども」

グインのいらえは短く苦かった。

「何だと」

スカールのおもてがひきしまる。

「あやつらは、ルードの森の怪物ではないのか？」

「と、当初は俺も思っていたが――戦っていたり、おぬしに救出されたあとでそのことを考えているにつけて、どうもおかしいと思うようになった。ルードの森では俺はグールどもの洞窟にまで案内された――まあ、その、グールどもの一匹を助けてやったのを感謝されたのだな。それで、グールというものも、あのような見かけはしているが、セムやラゴンと同じく、ちょっと見かけとなかみのかわったなりたちをした人間のひとつにすぎぬのだなと俺は思うようになった」

近づいてくるあやしい脅威にそなえるように、グインはいやが上にも早口に、低い声になっていた。

「だが、あのゾンビーどもは違う――あやつらに取り巻かれたとき、俺が何よりもぞっとおぞけをふるったのは、きゃつらがまったく――なんというのだろう、そうした、これは見かけはこんなふうだがそれなりに人間としての生活をいとなんでいるのだ、という感じがしないということだった。きゃつらは――何と言ったらいいのだろう……」

グインは口ごもった。

「きゃつらは……たぶん、まことの存在ではなく……つまり、もうとくに死んだ、本当の死者たちが魔道によって生かされているような存在なのではないかと。そして、俺は確かにそのような呪われた存在と、一度ならず戦ったことがあるはずだと——そういう気がしてならなかったのだが……」

「太子さまーッ！」

いきなり——

洞窟の外まわりにじんどって警備していた騎馬の民のひとりがすさまじい悲鳴のような声をあげて、洞窟のなかに飛び込んできた。

「どうしたッ！」

スカールはもう剣を抜きかけながら立ち上がっている。

「大変です。あの——あの、外から……」

「敵か！　ゴーラ軍か！」

その男も運よく昼間の凄惨な戦いで無傷ですんだひとりだったのだろう。だがそのひげだらけの精悍な顔は、目もあてられぬ恐怖のむざんな表情でくしゃくしゃになっていた。

「ち、違います……それなら、それならいいのですが——化物、化物が——いや、そうじゃねえ……化物じゃなく、カン・ウェンが——クーロンが——タゴウが……ひ、昼間死んだみんなが……」

「きゃつらだ」

グインは叫んだ。

ほとんど同時に、外から、甲高い馬のいななきがいくつかあがった。馬は洞窟に入れない。外にはなしたり、つないであったりする。それがすさまじい恐怖にかられたかのように次々と悲鳴を上げ始めている。同時に、激しく、手綱のいましめから自由になろうとするのか、大地を踏みならすひづめの音もきこえてきた。

「いかぬ」

グインは焚き火の上をほとんどおどりこえた。

「馬が危ない。——馬をやられると……」

「山を越えられぬ」

反射的にスカールも叫んだ。

「どこだ」

叫びざま、暗い外の夜のなかに飛び出してゆく。が、グインは、スカールの手首をがしりとつかんでひきとめた。

「どうするのだ！」

「松明を持ってゆけ」

グインは激しく云った。

「あいつらは闇に巣くう化物のはず——もし、黒魔道によってよみがえらされたゾンビーなら、たぶん、きゃつらには剣ではなく——剣とても役に立たぬわけではないが、確実に炎のほうがきく」

「そうか！」

スカールはちょっとぎょっとしたようにグインを見つめた。それから、うなづいて、かたわらにあった太い薪を一本とって、それに焚き火の火をうつした。グインも同じようにして、一本を駆け込んできて立ちすくんでいた騎馬の民に渡した。もう一本つけ、それも渡す。

「外の仲間に渡して、これで闇を追い払えといえ」

グインは早口に云った。さらにおのれのも作り、もう一本作る。あたりは、いくつもの松明の作り出す臨時の昼にあかるく照らし出された。

「これでよし。中にいるものでからだのきく者たちは、極力炎を消さぬよう、炎を大きくなるよう、ごうごう燃やしてくれ。中のものが危険にならぬ程度でいいが、火をたやさぬよう気を付けてくれ」

「わかりました！」

さすがに騎馬の民だ。傷つき倒れていはしても、すぐに傷のいたみをこらえて身をおこし、何人かが駈け寄ってくる。それを確かめて、グインはいったんスナフキンの剣をひっこめ、両手に松明を握り締めて、暗闇のなかに踏み出した。

少し先の、洞窟の入口前の草地に、馬たちが恐慌状態になって飛び跳ねたり、騒いだり、いななないたりしているのを、何人かの騎馬の民たちが必死になだめていた。そのさきのあたりに、いくつかの松明のあかりが見えた。グインはそちらにむかって走った。スカールが、松明をかざしながら闇をにらみつけていた。

「見ろ」

うしろにグインがきたのを確かめようともせずに、押し殺した声でささやく。

云われずとも、すでに見えていた。それは、どう間違いようもなく、まさしく《あれ》だった。あの、ルードの森でグインを襲ったぶきみな死者たち——よみがえって動き回る死者たちだ。ぎらぎらと闇のなかに不吉な赤くもえる目が光る。

スカールは黙って、そっと松明をそれらのひそんでいる闇にむかってかざした。スカールを守るようにそのかたわらに出ていた、松明をかざした二人の騎馬の民も思わず嫌悪と衝撃に息をのんだ。

松明がうつしだしたのは、グインがすでにルードの森で目のあたりにしたあの不気味きわまりないしろものだった。ぞっとするような冒瀆——甦った、いや、無理矢理に甦らされた死者たち。戦さで踏みにじられ、切り倒されて死んだそのなきがらもそのままに、ぱくりと開いた傷口も、うつろな見開かれた死んだ目もそのままに、無理矢理に力づくで追い払われた生者の世界を恋い慕うかのように傷ついた手をさしのべ、こちらにやってこようとしている動く屍。

だが、それだけではなかった。スカールのおもてが、異様なまでの嗔恚と恐怖と、そして嫌悪にひきつっていたのは、そこにそうしてかれらにむかって手をのべているゾンビーどもが、半分以上が明らかに、むざんにあの草原で命をおとした、彼自身の部の民――騎馬の民のなれのはてであったからだ。残るものたちは明らかにゴーラ軍の死者たちだ。ゴーラのよろいをつけ、そのうつろな顔はユラニア人の特徴を示していて、そしてみな若い。このような長い遠征のはてに、こんなところでむなしくいのちをおとしていったおのれをうらむかのように、うつろな目を見開きながら、無表情にこちらにむかってやってこようとしている。

だが、おそらくは、スカールたちが手にしている松明のためだろう。それ以上、近寄ってこようとはしないのが、まだしもだ。スカールのおもてが嫌悪と激しい怒りにひきつった。

「なんという――」

スカールは低く呻く声をあげた。

「このような……このような冒瀆がこの世にあろうとは……」

「ああ」

低く、グインも答える。このゾンビーたちを刺激せぬよう、きこえるかきこえぬかの声だが、しんとしずまりかえった山あいの夜に、それはことのほかひびく。ゾンビーたちは声をあげることを知らぬのだ。だが、もうとくに生者としての呼吸はたえはてているはずなのに、なにものかがかれらにいつわりの呼吸をさせているのか。グインをルードの森で追ってきたときもそうだったが、いまも、ひそやかな、ふごぅ、ふごぅ、というような音が聞こえている。それがいっそう、ぶきみさをいや増す。馬たちが半狂乱になるのもまったく不思議はなかった。このあやしいゾンビーは、人といわず馬といわず、多少なりともものを感じる能力をそなえた生者を半狂乱に追い込むだけの不気味さとむざんさとを持っていたのだ。

「これは、グイン、おぬしがルードの森で襲われていたやつらと同じものか。——なんとなく、あれのほうが、さらにずっとむざんな見かけをしていたから、あれはただのあいう怪物なのかとしか思っておらなんだが」

「俺もよくわからぬが、たぶん同じものだ——というか、結局のところ同じ魔道によって動かされているのだ。この死者たちは——あのルードの森の化物がどこからきたのかわからぬが、かなりひどくからだが壊れたり、腐りかけたりしていたのを考えれば、かなり死んでから時間のたった死体を魔道によって動かしていたのだろう。これは……これは、昼間死んだものたちを冒瀆にもこうして魔道によって……待て」

ふいに、グインは、目をほそめた。

「スカールどの。たとえ部の民のなきがらと云いながら、あのまま近寄ってくるのを放置しておくには忍びまいな？」

「むろん」

「本来の正しい黄泉に眠りにつかせてやるこそ、ありうべき死者たちへの礼儀と思われるが如何」

「当然」

「ならば、少々無残にも、また乱暴にも思われるかもしれぬが、許していただこう」

グインは、やにわに、おのれの松明を、のろのろと手をさしのべてこちらにむかって近づいてこようとしつつある死者たちにむかって激しく投げつけた。

たちまち、ゾンビーたちのなかに声にならぬ騒ぎが起こる。そのようすを見ていれば、あきらかに、魔道であやつられているゾンビーたちとはいっても、多少の知能というか、おのれの身の危険を察知する能力くらいは残っているようすだ。だがことばを発する力とか、おのれを守ろうとして知的に行動する力などはまったくないのだろう。奇妙なからくり仕掛けの人形のように、ゾンビーたちは炎から逃げようと右往左往したが、じかに松明をぶつけられた者はそのままぼうっと衣類に火がついて燃え上がった。一瞬にして、あたりの闇が、明るい炎に照らし出される。

「ウワッ」

スカールが低くうめいた。立木のあいだに、わらわらとひそんでいるゾンビーたちが、思いのほかに大勢いることにようやく気付いたのだ。

「グイン」

松明をかたく左手に握り締め、右手で抜き身の剣をかまえたまま、スカールはじりじりとグインに近づき、肩あわせになって、ささやいた。

「これは、もしかして、このままでは、我等は――この洞窟に雪隠詰めだな」

「なに、大丈夫だ。きゃつらは動きそのものは鈍い、それに、いま見たとおり火には極端に弱い」

グインは油断のない目をゾンビーたちに注ぎながらささやきかえす。

「ただ、ここで下手に大々的に火をはなてば、まず、山火事になるおそれがある。その場合には、風向き次第では、洞窟のなかにとじこめられることになりかねず、俺らも危ないかもしれぬ。また、その火の手をみて、我々がどこにいるかをゴーラ軍に教えてしまう結果になるかもしれぬ――ゴーラ軍がどのようにこののち動こうと決定したか、イシュトヴァーンが負傷して、そのままトーラスまで撤退するか、イシュタールへ戻るか、それとも我々を追撃するか、それ次第では――さらに窮地に追いつめられるかもしれぬ」

「わかっている」

スカールはゾンビーたちから目をはなさぬまま答えた。グインの投げつけた松明の火が燃え移ったゾンビーは、騎馬の民のひとりだったもののなきがらがよみがえったものであるらしかった。全身を、ぼろぼろの騎馬の民の服に包んでいるため、炎がことのほか燃え移りやすかったのだろう。一瞬にして炎に包まれ、めらめらと燃え上がると、そのまましばらく火のなかに黒い人がたをみせて、もはや苦しむ痛覚などはないのかそのまま立っていたが、やがてふっと炎ごと、どさりと地面に倒れ込んでゆく。そのままだめらめらと炎が燃え立っているが、他のゾンビーたちは、べつだん仲間のそのありさまを目のあたりにしても、炎をおそれてあとずさるようでもなく、といって、その炎上しようとしている仲間を助けるわけでもなかった。おそらくは、仲間、という意識そのものもない——そうした意識は一切ありはしないのだろう。

「あれは、ムー・ルーだ」

低く、スカールがつぶやいた。

「明日の朝モスに詠唱をとなえて天空にかえしてやろうと、髪の毛を切って持ってきたが、ここでこのようにして、詠唱もなしで燃えてしまっては、天空に帰るすべとてもないまま朽ち果ててゆくしかない。——忠実で、酒が何より好きな男だったが」

「あのままゾンビーとなってさまよい歩くようになるよりは、ああしてやすらかに滅び得たもののほうが幸せなはずだ」

グインは重く云った。

「それがまことに幸せなのかどうかはもはや、当人以外には決してわからぬにせよだ。――少なくとも騎馬の民の仲間はそのほうが心が安まろう」

「誰だ」

スカールは、暗闇にむかって獰猛に歯をむきだして唸った。

「このような――俺の可愛い部の民を、俺のために命を投げ出してくれた部の民のなきがらをこのような冒瀆にあわせ、このようなむざんな怪物にかえて、こともあろうに俺を襲わせようとする奴は、誰だ」

「俺は――」

グインは、うめくように云った。

「なんとなく、わかるような気がする。――もしかしてだが、これは……まあただの直感にすぎぬかもしれんが、そやつの思っていることがもしも、俺のうっすらと感じ取れるようなことだったら……」

グインは、仲間の燃え尽きたのを見向きもせずに、炎が消えたことに安心してか、またじわじわと距離を詰めてこようとしはじめたゾンビーの群を見回した。

そして、ふいに、声を張った。

「グラチウス。――グラチウス、出てこい。いるなら、出てくるがいい。これは、お前のしわざではないのか」

「グラチウス――だと。それはあの老人の魔道師のことか」

スカールが驚いて云う。が、待つほどもなかった。

ふいに、ゾンビーたちの群が、くたくたと、まるであやつり人形が糸を切られたかのようにその場にくずおれたのだ。もう、そのまま、もとどおりに、どこからみてもかれらはただのむざんな死体であった。たったいま、うぞうぞとぶきみにうごめいてこちらに押し寄せてこようとしていたようすなど、見てとることもできぬ。

「あ……」

スカールはさらに驚いて、あたりを見回した。グインはさらによばわった。

「グラチウス。そこにいるのだろう。出てくるがいい」

「出てこいとあらば………」

もやもやと、倒れた死体の山の手前に、黒いもやのようなものがたちのぼった。と思ったとき、それは、ぶきみな、凶々しい暗黒の宇宙空間の目をもつ、あやしい老人のすがたとなった。顔はまさしくグラチウスだったが、その双眼からは、はるかな星のきらめく宇宙空間がのぞいていた。

「これは……」

スカールが唸った。

「きさまのしわざだったのか」

「やはり、お前だったな。老人」

グインは静かに云った。グラチウスは、ようやくすべてかたちをとると、そのまま空中に浮かびながら、宇宙空間の眼でじっと二人の豪傑を見比べた。

「奇なるかな」

その口から、妙な満足げなつぶやきがもれた。

「妙なるかな。奇妙なるかな、北の豹と南の鷹、いまこそここに会さんとするに。いまだ星雲の集結するを得ず、星々のすがた正しきを得ず。まことに惜しみてもあまりある星どもの不如意なることよ」

「老人！」

グインがびんと声をはった。グラチウスはちょっと驚いたように空中で飛び上がった。

「わあ、びっくりした。せっかくのこの妙なる眺めに陶然と見入っていたものを、さても不粋にして無風流なる人の子のしわざなるかな。にべもなし、にべもなし——あ、いやいやいや」

「やはり、きさまだったのだな。このゾンビーどもを操っていたのは」

グインは手厳しく決めつけた。

「ということは、あの——ルードの森で俺をこやつらに襲わせたのも、きさまのしわざだな。やはり、きさまは、信用できぬという俺の直感は正しかった。そういうことだろう」

「襲わせたったって、きゃつらは何もせんかったじゃろ」

グラチウスは口答えした。まだ眼はあやしい銀河系をそのなかにうつしたまま、もとに戻らない。

「あんたが勝手にすべったりころんだり逃げまどったりして、力尽きてしまったというだけの話でさ。わしゃ、きゃつらにあんたの命をとれだの、危害を加えろなんて命じやしなかったよ。ただ、いって、豹頭王の足止めをしてこいと命じただけだ。まあな、きゃつらには脳味噌というものがないのだから、それを生きたままとも、殺してでもとも、どう解釈するかはわかったものじゃないが。というよりも、解釈なんていうしゃれた機能は、こいつらにはついておらんからな。ただ、わしが入れてやった命令のとおりに機械的に動くだけでな」

「きさま——」

グインは珍しく怒って語気を荒くした。

「さすがに黒魔道師を名乗るだけのことはある非道の輩だな。きさまにはひとの思いというものがわからんのか。スカールどのの部の民のなきがらをこのような冒瀆を加え、恥ずかしいとは思わぬのか」

「わしの魂返しの術はそんじょそこらのへぼ魔道師のとはわけが違う」

ちっともグインの怒りがこたえたようすもなく、平然としてグラチウスは答えた。

「ほかのやつらは無理くり死体を動かしていうことをきかせようとする。わしはただ、死体にもういっぺんかりそめのいのちをあたえて、したいようにさせてやるだけのことだよ。こやつらがこうして山をのぼってあんたらのあとを慕ってきたのは、こやつらが、死んでもまことはあとをともについてゆきたいという、死ぬ直前の内心のねがいがあったからだ。こやつらはそれにひかれてこうして黒太子のあとをついてきたまでのこと。全体に、わしの魂返しの術でよみがえり、というかかりそめのいのちをあたえられた連中というのは、死ぬ直前にいろいろな未練やうらみや、ねがいごとがあった、そういう連中が多いのだよ。満足して死んでいったもの、死にたがっていたようなやつのなかには、さしものわしが術をかけてもよみがえらないやつだっておらぬわけではないでな」

「そのようなことなら、なお悪いわ」

けわしくグインは云った。

「どこまでもスカールどのの供をしたいという、草原の民のせつなる願いを、きさまは弄んだわけではないか。それこそこれ以上ない冒瀆というものだ」

「とんでもない」

不服そうにグラチウスはいった。

「もっと別の術もあるんじゃよ。それこそ、わしがサルデスの森でやったように——あ、しまった」

グラチウスは口をおさえた。が、グインのけげんそうな顔をみてほっとしたように口もとをゆるめた。

「そうか。まだ思い出さないのだな。そりゃよかった。——まあそれはともあれ、もしもその気になれば、わしはこの死人どもを完全におぬしらの敵として、おぬしらに襲い掛かり、おぬしらをたおすまで戦い続けるようにだって術をかけられるんだよ。ルードの森でだって、わしはおぬしを倒すまで襲いかかれなんていう命令はまったく下しておらなんだよ。もとより、おぬしを殺そうだの、倒そうだのという気持はわしにはまったくありはせぬのだからな」

「どの口でいう」

けわしくグインは云った。そして、不安そうにスカールとグインを見比べて松明をまだ握り締めている騎馬の民たちにむかって声を張った。

「いろいろ、迷惑をかけてまことに相済まぬ。この老人は前々から、俺にとって敵ではないと言い張っているが、俺はどうしてもこやつが信じられぬ。おぬしらの仲間のなきがらをあのようなむごい目にあわせた、というだけでもこやつは充分にひどいやつだ」

「なんとでもいうがいい」

グラチウスは肩をすくめた。そしてスカールをふりむいた。

「具合はどうじゃな、黒太子どの。その後しばらく《診察》をしてやっておらぬが、まだそろそろ、薬の欲しい時期ではないのか」

「………」

スカールはするどい油断のない目でじっとグラチウスとグインを見比べていた。

それを、グラチウスは満足げに見た。

「まさに、この光景だ。わしが見たかったのは」

グラチウスは満足そうにつぶやいた。

「天にありては二羽の巨大な天の鷹あり。地にありては巨大な二頭の狼あり。ゆえあって、それぞれにくすしきさだめを経、いまここに相会うを得る。さだめなるかな。会なるかな。ヤーンのお力なるかな」

「なぜ、このようなばかげた術をかけた」

グインはなおも追及した。

「ルードの森で俺を追いつめたのは何故だ。最初から、これはルードの森にすまうただの化物ではありえないと思っていた。——ルードの森とは何かが異質だ、という気がしてならなかったからな。きさまは味方だとほざいてはセムの村では俺の前にあらわれ、なんとかして記憶を取り戻させてやろうと申し出た。俺がそれをはねつけると、その後ルードの森の、ゴーラ軍の夜営の天幕にまであらわれ、なんとかして俺を脱出させてケイロニア軍まで送り届けようだの、あれやこれやとよけいなさしずがましいふるまいをした。揚句のはてがこのていたらくだ。きさまの狙いはなんだ？　きさまは、何をもくろんでいる？」

2

「これだから、ひとを信じるということを知らぬ小人物は困ったものだ！」

グラチウスはにくにくしげに云った。

「ここにおいでのスカール太子などは、その点お育ちがよろしいから、すぐにわしのいうことを信じて下さったぞ。いや、というより、それがなしでは、もうどうしようもないからだになりはてていたのだがな。——太子どのはわしのいうことをきいてちゃんと薬を服用し、わしの力でいのちをとりとめた。そしてこのようにすっかり元気になられたのだ。そうだろう、太子」

「………」

スカールはいやな顔をしてグラチウスをにらんだ。それから、苦々しげにグインを見た。

「いまの死びとをあやつったのがこやつの術ときいては、そう感謝したりする気にもとうていなれぬのだが……」

スカールは顔をしかめて云った。

「だが、こやつの云ったことには、間違いはない。このようなありさまを見せつけられる前までは、俺はこやつが、多少カンにさわるところはあるし、うろんなやつだが悪いやつではないのだろうと信じていた。——俺があまりに信じやすかったのかもしれぬ。だが残念ながらこやつのいうとおり、この老人の力なしでは、俺はもういまごろとくにいのちを落としていたのは事実だ」

「じゃろう？」

グラチウスはひどく満足そうに云って、宙たかく浮かび上がった。

「それはおぬしとても同じことだよ、グイン。——スカール太子に、それとなく、おぬしがルードの森でゾンビーどもにおそわれている場所を教えて誘導し、おぬしを救ってやったのは、このわしだからの。ヒョヒョヒョヒョヒョ」

「だが、そのゾンビーはきさまが生み出したものなのだろう」

怒って、グインが決めつけた。

「きさまのような奴を、《自分が作った毒を飲ませて自分の作った薬でひとを救う》——というのだ。確か、なんとかの医者、というようなことわざがあったはずだ」

「パロの《黒い名医》ドルリウス、だわな。記憶を失っていても、そんなくだらぬことをよく覚えているじゃないかね」

グラチウスは感心したように歯をむいて笑った。

「きさまはおのれで、俺がゾンビーに襲われてあやうい状況を作り出しておいて、そこにスカールどのを誘導し、俺とスカールどのを会わせた、とそう云いたいのだな。だがあいにくながら、俺は、ヤーンの運命のほうを信じるぞ。――たとえ、その全体がきさまのお膳立てしたことであっても、そもそもきさまがそのようなことをお膳立てしようと思ったことそのものがヤーンの意志でしかないのだろうとな。グラチウス」

グインはきびしく云った。

「きさまはとんだひょうきん者だ。その上に何を目当てでこんなところまでおのれのゾンビーどもをけしかけにきた。答えしだいでは、この場でゾンビーもろとも」

「おっと」

グラチウスはひょいととびすさった。双眸のなかの銀河が消えて、普通の黒い、夜の色の、光のない目になった。

「あんたがいうと洒落にならんわな。あのイヤな魔剣を持っているんだからの。――いいじゃないかね。これでようやくわしゃ、一生の念願のひとつがかなったのだよ。というか、いままさにこの場に居合わせるためにこそ、わしは八百年も生きてきたのだ――魔力をつけて、生き延びてきたのだよ。だから、わしは、いま実はすごく感動しておるのだ。たとえそう見えんかったとしてもな。それを、邪魔するでない」

「感動だと」

グインは手厳しく、

「それは何のたわごとだ。老人」

「老人老人と。——あんただって、もといた世界じゃあいったい何百年生きていたのかだって、知れたものじゃないかもしれんというのに」

「もといた世界だと」

「そう、ランドックのな。あんたが無情にも追っ払って爆発させてしまったあの星船のゆきつくはずだったさいごの港」

「きさまのいうことはさっぱりわからぬぞ」

グインは腰の剣に手をかけた。グラチウスはひょいとまた空中高く舞い上がった。

「よしなさいってば、年寄りを脅かすのは。——まったくもう、気が短いんだから。わしはなあ。わしはこの日このときをずーっとずーっと、長ーいあいだ、夢に見ておったんじゃよ。北の豹と、そして南の鷹が相会うまさに《そのとき》をな」

「北の豹——」

グインは、おのれを見た。

それから、また、スカールのほうに目をむけた。

「南の鷹……」

「どうした」

グラチウスがひどく注意深い目つきでグインのようすを見ながらいう。

「そのことばをきいて、どうかしたのか」

「北の豹と南の鷹が相会う時、だと……」

グインは眉をよせた。

そして、手をあげ、豹頭のひたいをおさえるようにした。まるで急激な頭痛にでも、おそわれたかのようだった。

「何かが……」

「ヒョォ」

グラチウスは目をきらりと輝かせた。その目のなかにまたしても、あの底知れぬ銀河系があらわれた。

「そのことばに、何か、聞き覚えがあるようじゃな。――そのことばをきいて、頭のなかに、何かがおこった、とでもいいたそうだな」

「俺は……」

グインは異様な目つきでまたスカールを見、グラチウスを見た。

グラチウスは目をいっそうあやしく燃え立たせた。スカールは心配そうにグインを見つめていた。

「どうしたのだ。グイン」

「シッ、静かに。邪魔するでない」

満足げにグラチウスがささやく。

「いま、たぶん、豹頭王のなかに何かがかきたてられているのだ。うまくすりゃ、これで思い出すぞ——ありゃ、駄目か」

グインは、大きく肩で息をつくと、そのまま、まるで巨大な荷物をでも肩からおろすかのように、ふっとからだをおりまげてもう一回息をついた。

なんとなく、夢からさめたもののような目で、あたりを見回す。

「俺は、知らぬ」

かすかな声が彼の口からもれた。

「俺には、わからぬ。——北の豹に、南の鷹。それが相会う時に会がおこる——だと……俺には、わからぬ」

「会がおこる、といったな」

ますます異様に目をくるめかせながら、グラチウスが叫んだ。

「北の豹に、南の鷹。それが相会う時に会がおこる、とな。——わしは、ただ、北の豹と南の鷹、といっただけで、何もいっておらなんだぞ。——それが相会うときに、といっただけで。——おぬしが自ら口走ったのだ。《会がおこる》とな。——それが、わしの待っている《会》だ。たぶん、わしがずっとずっと、八百年——では生まれてこのかただから、それではホラになってしまうが、少なくとも七百年以上にはわたって待ち焦がれていた、それは、まさに、《これ》なのだ。いまこの瞬間、このとき、この状態」

じれったそうに、グラチウスはしわぶかい手をふりまわした。

「なんということだろう。——もっとも劇的なこの世界の変革、転回点となるべきこの瞬間に、かんじんかなめのおぬしが、記憶を失っていて——だものだから、半分しか、その《会》が動き出さぬ、とは。——もしも、はじめて会ったその瞬間が問題なのだったら、もう、その《会》は起こり得ぬかもしれぬ、ということにだってなってしまうではないか。とんでもない、とんでもないぞ！　だが、わしはそうは思いたくない。たぶん、そうじゃなく、おぬしとこの黒太子とが、ともにあって何かをなしとげることで——それとも、何かの暗号が符合するか、何かの……よくわからんが、何かが合致すれば、そのときこそ——もどかしい。なんというもどかしさだ。なぜ、おぬしの記憶が」

グラチウスは興奮したようすで、またしても宙に浮かび上がったり、舞い降りたりした。

「これもまたヤーンの意志だとでもいうのか？　そんなことはわしは信じぬぞ。わしは長い、長い、長い、長ーいあいだ、いままさにこの瞬間のためにすべてをかけてきたのだ。これまでしてきた研究も悪事も陰謀もすべてはこの瞬間、このせつな、北の豹と南の鷹が会って史上最大の《会》がおこるはずの、その瞬間のためだったのだ。だのに」

グラチウスはもどかしげにまたしても激しく手をふりまわした。

「確かに何かが一瞬ゆらめいたような感じはあった——だが、わしが期待してたのはそんなささやかなもんじゃない。わしはずっとずっと、そのために命をかけて——いろいろな魔道師どもの妨害をもはらいのけ、《暗黒魔道師連合》も作り……ありとあらゆることをして、そしてこの日のくるのを待っていたのに。スカール太子の命を救い、太子がアルゴスから出てゆけるよう、アルゴス王妃の不妊治療までしてやったし、おりおりに誘導してしだいに北へと太子一行が流れてくるようにさせたし——相会うその場所そのものが、どこであるのが正しいのか、それがわしにはどうしてもわからなかった。当然、ひとつの解答は、《ノスフェラス》だったのだがな。だが、ノスフェラスは——ノスフェラスはすでに、答えを出して使いはたされてしまったのだろうか、とも思われた——あのアモンとの死闘がらみでな。星船が旅立ってしまったということで、ノスフェラスの、そうした《力場》としての生命は使い果たされてしまったのだろうかと思った——だが、だったら、次に可能性があるのはルードの森か、あるいはナタール大森林……それとも——」

「おぬしには、このじじいが何をほざいているのか、わかるか？」

けげんそうにスカールがきいた。

グインは首を横にふった。

「まったくわからぬ。というか、自分でも、あまり意味のあることを云っているとは思えぬのではないのか？　ほとんど熱にうかされたうわごとか、ただのたわごとのようにしか俺には聞こえぬが」

「愚かな人間どもめ！　目さきの闇につながれ、おのれの鼻づらのほんの先しか見ることのできぬ、あわれな無力な人間どもめ！」

グラチウスは叫んだ。

「もしもおのれらが、それぞれにどのような使命をおびてこの地上に生まれ出たのかを知ったら、お前たちとても、そのように安閑としてはおられまいに！　そもそも、この世界に対して何かそんな重大な使命などおびた人間、などというものが、いったい何人いると思う。あのアルド・ナリスでさえ、そうではなかったのだぞ。彼は、そうであることにずっとあこがれていたがな。だがそれでもそうはなれず、だから、さいごまでノスフェラスの地をふむことにこがれつづけながら、ああしてはかなく死んでいってしまったのだ。お前たちは二人が二人とも、史上たった二人きりの、《グル・ヌー》の中核にいって生還した奇跡の人間だ！　そしてお前たちは二人ともに、《グル・ヌー》で何かを得たはずなのだ。それが何であるのかはわからぬ。だが、いのちをかけて、おぬしらは《グル・ヌー》で何かを得た。何かをなしとげた。何かを見た――はずだ……」

グラチウスの声がいささか小さくなってきた。だんだん、確信を失ったように、先細りになってゆく。

「少なくとも……グインは、間違いないはずだな。それは、わしが途中まで見届けたことでもあるんだからな。——じっさい、あんなところでわしをおいてけぼりにするなんてな！　不人情にもほどがある。というより……そもそもロカンドラスめがあんなふうに星船のなかを出たり入ったりできるということ自体が、きゃつが入寂したせいなのだったら、わしだって、入寂のひとつやふたつ——どうせわしにとっては、何もたいした問題じゃないんだから、生きているかいないかなんてことは……」

「こやつは、何を云っているのだろう？」

またしても、いぶかしそうにスカールが聞いた。グインは首をふった。

「まったく、俺にわかろうはずとてもないが。——しかし、ひとつだけ確かなのは、魔道師というものは、ずいぶんとまた妙な生物だ、ということだな。——こやつは、八百年生きてきた、といっているが、それは本当なのだろうか」

「うわさでは、まことらしいときくが……」

「わしの心配ならよしにしてもらおう！」

グラチウスがこんどは杖をふりまわした。それは突然に、彼の手のなかにあらわれたのだ。

「ああ、それから、わしゃ親切だから、教えてあげるがね。イシュトヴァーンの傷は思ったよりかなり重かったよ。ひどいことをしたもんだ。——まるでわざとしたように、あんたの剣は、ずっと以前にはるかなレントの海で、海賊がつけたイシュトヴァーンの腹の古傷のところを差し貫いたんだよ。まるで、知っていて古傷をねらったとしか、考えられないくらいにな。まあ、むろん、命に別状はないよ。あのときと違って、すぐに手当もちゃんと受けられるし、薬もたくさん用意してあるし——そもそもあいつはまだ若くて、酒でだいぶん最近はからだをむしばまれていたとはいうものの、基本的にはとても頑丈だからな。気の毒な副官のマルコ准将が大騒ぎして、ただちにとりあえずゴーラ軍一行はトーラスにむかうことになったが、はたして、それで大丈夫かねえ。もしもイシュトヴァーン王があのような重傷をおったことがわかったら、それこそモンゴールの反乱勢力にとっては願ってもないことじゃあないのかね。——ハラスだって、もういろいろなことを考えておると思うし。——まあ、トーラスには、まだあと四千のゴーラ兵が駐留しているから、人数的におくれをとるおそれはないがね。しかし、ウー・リーの若造だけで、無事にイシュトヴァーンの代理がつとまるかどうか、だね。あの軍勢はまったくもって、勢いはいいけれどもみんな若くて未経験、まあひとことでいえば不良どもの集まりにすぎぬからなあ。——気分がのれば大変な力もだすが、その気分のみなもとが大怪我をしたとなると……」

「ゴーラ軍は、トーラスへ。それは、まことなのだろうな？」

けわしく、グインがただした。グラチウスは不平そうに長い舌を出した。

「年寄りのいうことが信じられなけりゃ、自分でいってその目で見てくるんだな。お若いの――って、やっぱり、本当にお若いのかどうかは、わかったもんじゃあないが……ともかく、それで、トーラスにゆくと決定が下ったからには、あんたらを追撃するために兵なんか割くわけにはゆかない。トーラスこそ、モンゴールの反イシュトヴァーン勢力の中心地だからな。そこに、イシュトヴァーンがあれだけの怪我をした、という事実をもって帰らなくてはならないんだからな。どんな大変な陰謀がたくらまれるか、みなここぞとばかり、イシュトヴァーンの暗殺をくわだてもしようし、ハラス坊やを救出しようとも目の色をかえようし……じっさい、マルコ准将は本当をいったらトーラスに戻らないですぐにでもイシュタールに戻りたいと思うよ。トーラスにいたらいったいいくつ、イシュトヴァーン暗殺の陰謀がたくらまれるか知れたものじゃあないからな。だが、当人のイシュトヴァーンの病状が、とうていトーラスを通らないでイシュタールまでの長旅なんか許せる状態じゃあないときた。このまま腹膜炎でも併発してしまったら、案外いのちにさわりがあるかもしれんしな。ま、そうならぬようにするには、いい魔道師がいい薬でも調合してやればいいんだろうが――また逆に、悪い魔道師がちょっと、ほんのちょっと悪い風でも吹かせてやれば、いまの彼なら、三歳の童子より簡単にいのちをおとすはめになるだろうよ。まあ、それもヤーンの意志というものだわな。ヤーンのな」

「いい加減に、思い上がってヤーンの代理をつとめようなどとたくらむのはやめることだな。老人」

ぴしりと、グインが云った。

「イシュトヴァーンの運命はイシュトヴァーン自身の持って生まれた運命にまかせてやるがいい。俺は決して彼の古傷をねらったわけでもなければ、急所をまさにねらおうとも、何も考えてはいなかった。ただ、俺は、彼の運命のことを考えていただけだ。第一、俺は、彼が古傷を負っていることなど、知ったことではないぞ」

「だが、おぬしはそうやって、いつだって肝心の古傷を差し貫く。それがおぬしの運命なのだよ、豹頭王よ」

グラチウスはなおもかさねて言いつのった。

「だからこそ、おぬしは世界にとって重要なのだ。まあいい、イシュトヴァーンのことは彼自身の運命にまかせよう、ということについてはわしには何の異存もない。それよりも、わしは、いまこそ、かさねておぬしたちに問いたい。それさえ、はっきりしたら、それこそおぬしらになんらか力を貸してやることだって、いや、絶大な力を貸し与えることだってわしはちっともやぶさかじゃない。どうだね、さっき二人で手をとりあって、何かがおこったかね。奇跡の力がおのれのなかにみなぎってくるのは感じたかね。それとも」

「ばかげたことを」

グインはうっそりと云った。

「何も感じぬぞ」

「遺憾ながらそのとおりだな」

スカールもむっつりと云う。

「この老人が何をたくらむのかは俺にはわからぬが、あいにくと、そんな変化のきざしのようなものは何もない。俺はそれに、ノスフェラスにおもむいて、《グル・ヌー》の周辺までいって生還したとはいいながら、それは何も俺の手柄ではない。それはただ、あのふしぎな老人、《北の賢者》ロカンドラスのしたことだ。——だから、俺にとっては……」

「ロカンドラスは、何か云うたじゃろう？　何か、おぬしに教えてくれただろう？

《グル・ヌー》の秘密について！」

やっきになったようにグラチウスが叫んだ。

「わしはそこまでは知っておるんだよ。あまりなめてもらうまい。おぬしは、ロカンドラスから何か聞いておるはずだ。そして、グイン、おぬしは生まれながらにもっと重大な何かを知っていたはずだ。——おぬしは《グル・ヌー》のあるじだったのだし——そして、おぬしが《グル・ヌー》を消滅させてしまった。だが、《グル・ヌー》が消滅したいまとなっても、必ず、《グル・ヌー》の秘密はこの世に手がかりが残っているはずなんだ。わしは、実は本当に疑ってやまぬことがある。それは、《グル・ヌー》が本当にたったひとつしかないのかどうか、という……」

グラチウスは言葉を切った。

そして、するどく目を細めてスカールを見つめた。

スカールの様子が、変わっていた。

「どうした」

グインが鋭く低く叫んだ。

「スカールどの」

「太子さま！」

はばかって、近くまで近づこうともせずに、遠巻きにして三人のようすをじっと心配げに見つめていた騎馬の民たちが、悲痛な声をあげた。

「太子さま！　スカールさま！」

「く……」

スカールは、蒼白になっていた。

蒼白、というよりも、そのおもては、むしろどす黒いといいたいような異様な色になっていた。ふいに彼は、からだを、激烈な苦痛におそわれたかのように二つに折った。

「う……ッ……」

「どうされた！」

グインは手をのばして、崩れかかるスカールを抱え起こそうとした。だが、スカールは、いきなりよろめきながらグインをふりはらった。

「俺に——俺に近づかないでくれ」

苦しい息をふりしぼるようにして、スカールは呻いた。その声はおそろしくしわがれて聞こえた。

「大丈夫だ。いつもの発作だ——大事ない。いつも……時おり、こんなふうになってしまうのだが……大丈夫だ。薬、薬さえあれば……あああッ」

そのまま、スカールは膝をつき、地面に崩れおちた。

騎馬の民たちは、すでにこのような状態のスカールの発作に馴れているらしかった。少なくとも、はじめて見たわけではないようだ。かれらは、恐しく心配そうに息を詰めて、こちらを見つめていたが、手をのばしてあるじを助けようとも、救いにかけつけてこようともしなかった。いや、出来なかったのかもしれない。

「薬──」

スカールは呻いた。そして、片手で弱々しく、剣帯につけた袋をまさぐろうとしたが、その手がばたりと地面に落ちた。そのまま、彼は苦痛に身をよじった。そのおもてが、みるみる、生気を失ってゆくのを、グインは息をのんで見つめた。

「太子どの──」

「薬が欲しいか？」

妖しい──これまでとまったく違う声で、グラチウスがささやいた。その目が、また再び、あのあやしい銀河に満たされて妖しく燃えているのを、グインはにらみつけた。

「これが、きさまのたくらみか」

グインは激しく叫んだ。だが、その声にまるで苦痛を倍増されたかのように、スカールのからだが魚のようにはねあがったので、はっと声をひいた。

「きさまは……まさか──」

「薬をくれ」

スカールは弱々しく呻いた。そのまま、のどをつかみ、身もだえながら地面の上をころげまわるのを、草原の民たちは、悲痛なまなざしで見つめていた。

「スカールどの」

グインは叫んだ。

「しっかりしてくれ。どうした。どこが痛むのだ？」

「これは――これは……なんでもない、なんでもないのだ……」

スカールは、なんとかして、おのれの感じている恐しい苦悶を持ちこたえようとしているかのように、歯を食いしばった。だが、その口が、ふいに狂おしくゆがんだかと思うと、彼は、手をのばして口をおさえた。ふいに、ごぼごぼと恐しい音がして、彼の口から、どす黒いような色あいの血がこぼれ落ちた。

「スカール！」

「く――そ……こんな、こんな体になって……」

スカールは続けて吐いた。どす黒くどろりと濃い、異様な血――あるいは、血のように見える何かが、彼の口もとから、草地にこぼれ落ちた。

3

「スカールどの!」

グインは叫んだ。

「気を確かに! それが──それが、ノスフェラスで得たという病なのか? それが──

──」

「もう──俺は……」

スカールは血に汚れていない片方の手でかろうじて、剣帯をまさぐった。それから、絶望したように手をはなし、地面に崩れ伏した。その口から、弱々しい悲鳴のような声がついに漏れた。

「頼む。もう……手元にない。あの薬──薬をくれ」

「いいとも」

にんまりと妖しく笑って、グラチウスが云った。まさにその哀願を待っていたかのようだった。彼はすぐにかがみこみ、スカールの口もとになにかをさしつけた。魔法のように――というか、魔法そのものだったに違いないが――何か小さな水滴のようなものがその指先からあらわれて、スカールの髭におおわれたひびわれた唇に滴った。

効果は劇的であった。どす黒く染まって、ほとんど死人のように凄惨な色になっていた、スカールのおもてに、一瞬にして血色がよみがえったのだ。

「ウ……ああ――」

スカールは喘いだ。そのたくましい――というよりも、かつてはあれほどたくましかったからだに、グラチウスの滴らせた薬がすみずみまでもしみとおり、そしてあらたな生命をほどこしてくれた、とでもいうかのように、彼のおもてはよみがえり、目も肌も生気を取り戻した。

「これを飲むがいい。そして手も浄めるといい」

グラチウスが、今度は、ひょいと空中から小さな水さしのようなものをとりだした。そのまま、それをかたむけると、そこからきよらかな水が流れ落ちた。スカールは、それを手にうけて、それこそむさぼるように飲んだ。手にたまっていたどす黒い、どろりとした、いかにも病的な血が一瞬にして洗い流されてゆくのを、グインも騎馬の民も茫然として見つめていた。

「ああ――」

スカールは呻いた。そして、口もとを横殴りに拳の手の甲で拭くと、よろめきながら立ち上がった。

「すまぬ、グイン。驚かせただろう。――だから云っている。俺はもう廃人にひとしい、と」

「スカールどの……」

「太子さま――！」

「俺は……こやつの与えてくれるこの薬でだけ生かされている」

スカールは喘ぐように、低く云った。その目は暗く燃えていた。

「あるいはそれもまた、こやつのたくらみだったのか、と――いまとなっては、というよりも、いま血を吐きながら俺は考えないでもなかった。だが、もう、そのようなことを云ったところでくりごとでしかない。俺のからだはもう、このようになってしまった。こやつはいくらでも俺を操ることが出来るだろう。この薬を与えぬことでだ。だが――いざとなればむろん、俺には……死ぬことだけは出来る。おのれでなりと――この薬を断ってなりとな」

「なぜ、そのように情ごわいことをいう」

グラチウスは肩をすくめていうと、小さな皮袋に入ったものを、太子にさしだした。

「さ、これを、太子。――何も意地悪をしたわけではないぞよ。この薬はけっこう調合が大変なのだ。きわめて貴重なある種の動物の肝をふんだんに使わなくてはならぬしな。

火山の下の地底洞窟までいってとってこなくてはならぬ薬草も入っているし。だから、早め早めにいってくれればといっただろう？　また、きわめてきつい薬だから、発作のおこったとき以外はなるべく飲まぬほうがいい、でないとどんどん、使う量が増えてしまうから、ともな。——だがおぬしはなかなか云うことをきかぬでなあ」

「……」

スカールは腹立たしげに、グラチウスをねめつけた。それから、グインを、何かを訴えるような雄弁な目つきで見つめた。

「俺のことは気にしてくれるな。豹頭王」

スカールはうめくように云った。

「もう、このようなからだになってしまった、業病にむしばまれてしまったいのちだ。——グラチウスは最初に俺を診てくれたとき、俺が、《グル・ヌー》の《放射能》というものに犯されたのだ、と話してくれた。そして、このままではすべての髪の毛が抜け、歯も抜け、出血がとまらなくなり、だんだんものを食べることも立つことも動くことも出来なくなってやせ衰えて死んでゆくしかないだろうと。——灰色の体になり、若くとも老人のようなありさまになりはてて、病み衰えて死ぬのだ、と。——そして、それをこの薬だけが防ぐことが出来る、といって、このくすりをくれた。——そののち、俺はずっと、このくすりを服用し、そのおかげでずっときわめて元気になった、と思っていた。誤解に気付いたのは、草原をすてて深い山のなかに入り、定期的に草原を訪れてくれていたこの男がしばらくまったく姿を見せなかったときだ。——最初は、しだいにだるさが増し、食欲がなくなり、体力も気力も衰えてきて、またしてもあの病がぶりかえしたのだな、もう俺は終わりだろうか、と思った。そんなに長いこと、この男があらわれなかったことはなかったので、くすりが切れてしまったことはなかったのだが——それから、珍重していたくすりのさいごの一滴までも飲んでしまって、少ししたとき……ある朝起きてみると、俺は、足腰も立たねば、口さえも利けぬような異様な衰弱をし、その上に肌はどす黒く染まり——生ける屍のようになりはてていた。仰天をした部の民どもが必死にいろいろな薬草を探してくれたが、どうにもならなんだ。またしても、俺はこのままこの山中に朽ち果てるのかと覚悟したとき——こやつがあらわれ、勝手に山のなかになど入るから、行方を見失った、と苦情をいって、このくすりをまたくれた。いま見てのとおり、このくすりを口にさえすると、ただちに俺はよみがえり、なにごともなかったかのように元気になった——それがあまりに気になったので、俺はこんどは、意図的に、もらったくすりを服用するのをやめてみた。またしても同じ衰弱と異様な変化とが俺を訪れ、そして、俺は確信した——俺は、病気が少しも治ってなどいるわけではない。このグラチウスの薬は、俺の病気を治したのではなく、ただ、その薬の効果によって、俺を無理矢理に元気にし、にせの、偽りの生命を与えているだけなのだ、と」

「なんということだ」

グインは呻いた。

「それでは、まるで、あの——こやつの黒魔道がよみがえらせたあの部の民たちの亡骸にひとしい。そう云いたいだろう。グイン」

スカールは厳しく云った。すっかりもとどおりの生気と血色を取り戻したその顔が、けわしくグラチウスをにらみすえた。

「俺もそう思う。というより、それが、この男が俺にしたことだったのだといまは思っている。——だが、もう、俺はそれなしではたぶん生きてゆくこともできぬだろう。あの老人、ロカンドラスに会って、どうしたらよいのかききたいとも思った。この〈闇の司祭〉の黒魔道を打ち破ることが出来るものがいたとしたら、ただ《北の賢者》ロカンドラスだけだと聞かせてくれたものもあったし——だが、あれに会うためには、たぶんノスフェラスを訪れねばならぬし、いまの俺にはもう、ノスフェラスまで、たくさんの難儀を踏み越えてゆくだけの力はない。……それゆえ、俺はもう、いまはこれまで——アルゴスの黒太子スカールの一生はこれで終わったのだ、いまからのこれはすべからく偽りの人生なのだと思い決めて、ただひとつ心に残るイシュトヴァーンの首級をあげることだけに残されたすべての時間をかけてやろうと」

「そう——だったのか……」

うめくようにグインはいった。それから、手きびしくグラチウスをねめつけた。

「そのような詐術を使って、スカールどののようなかたを苦しめておきながら、よくぞ俺とスカールどのが相会うときに何かが起きてどうこうなどと云えたものだ」

彼はきびしく決めつけた。

「たとえ、本当にその、北の豹と南の鷹の《会》とやらがあったとしても、それはそのような詐術によってはとうてい引き起こされるわけがない。きさまはかえって、そうやって無理やりにものごとを運ぼうとすることで、ヤーンの意志を狂わせてしまったのだと思うぞ」

「そんなことをいったって。放っておけば、この人はとっくに死んでるんだよ」

グラチウスは怒って言い返した。その目がまた普通の目にもどって、ぱちぱちと激しくまたたいた。

「それをかろうじてわしの力でここまで生かして、おぬしにとうとう会わせてやったのじゃないかね。それを、もう本当は会うことなどできないさだめだったからと責められたって、会わなければもっと何もおきやしないはずだよ」

「お前の論理は俺にはわからぬ」

グインは厳しく云った。

「かつての俺にはわかったのかどうかわからぬが、いまの俺には、ただ、お前のいうことはひたすらうろんな黒魔道の詐術にしか聞こえぬ。――ひとつ思いついたことがある、スカールどの。俺はたぶんこやつより力のある魔道師を知っていると思う。その者なら、あるいはおぬしにかけられたグラチウスの黒魔道をといて、本当の正しい治療をほどこしてくれるかもしれぬ」

「何だって」

ひどく怒ってグラチウスが手をふりまわした。

「それはたぶんあのイェライシャの馬鹿のことをいっているんだろうが――あんなやつに何が出来るもんかね。あいつはわしの魔道のワナを逃れることさえ出来ずに、五百年からのあいだ、わしのとりこになっていたんだよ。じっさい、ヒマができて退屈するとあいつを責め立てて、あれやこれや訊きだそうと拷問にかけたりして、面白い暇つぶしをしたものだよ！　そんな木っ端魔道師にいったい何が出来るというんだ？　このわしをしのぐ力なんか、あんなやつにあるとでもいうのか？　ましてここはルードの森の、きゃつの縄張りからはもう遠いんだぞ」

「そういってくれる気持は嬉しいが、無駄だ、グイン」

スカールは悲痛に云った。

「俺のからだはもうすっかりむしばまれている。――そう何回もいったはずだ。俺はもう、終わっているのだと。いまの俺は生ける屍なのだとな」

「そんなふうに諦めてしまうことはない――」

「諦めたわけではない。これが――俺にとってはこれが、正当な《グル・ヌー》の報酬――本当は生きた人間が見て生還することかなわぬ《グル・ヌー》を見てしまう、その秘密の一端を得てしまう、というあまりにも巨大すぎる経験を経たむくいなのだと思っている」

寂しくスカールは笑った。そしてかるくせきこんだ。

「もう俺の体はもとどおりには決して戻らぬ。すべてが――草原を自由気ままにこの部の民どもを従えてかけぬけていたあのころには戻らぬようにだ。だが俺はそれをくやんだことはない。すべては俺が自ら選んだことであるのだから。――あのトーラスでの、黒竜戦役のあと、ノスフェラスの秘密を知り、そこにいってみたいと思ったのはこの俺だ。俺についてきてくれた部の民たちにも申し訳はなかったが、そのこともかれらがおのれで決定してついてきてくれた。それゆえに俺はリー・ファをも失い、体の健康をも永遠に失った――だが、だからこそ、こうしてもろもろの恐しい年月のはてにおぬしに会い、そして、たぶんおぬしに会ったときはじめてそのこと――俺が《グル・ヌー》から生還したたった一人の人間であるということの意味が明らかになるのだろうといま俺は思っている。そう思わなくては、俺のすべての生はあまりにも意味がない」

「それは……」

「だが、それも、この男が記憶を失っていては、どうすることもできぬさ！」

グラチウスがわめきたてた。

「グイン。どうだ、おのれがどれほど世界にとって重大な存在なのか、もうわかっただろう。だから、頼むから、わしに身をゆだねるといってくれ。そして、わしの魔道で、おぬしの記憶が戻るかどうか、治療をさせてくれ。そうすればきっと――きっと何かが起こる。間違いなく、今度こそ、わしの待ちに待っている《会》が起きて、そして――」

「イヤだ」

きっぱりと――身もフタもないほどにおそろしくきっぱりとグインは突っぱねた。

「たとえ俺が記憶を失っていることでどれほど苦しむとしても、俺はお前の言いなりにはならんぞ、グラチウス。なってたまるものか――お気の毒なスカールどのをワナにかけたような案配に、俺をワナにかけようとしても、二度とはそうことはうまくお前の狙い通りには運ばんぞ。〈闇の司祭〉」

「その通りだ、グイン」

スカールは弱々しく云った。ようやく、喀血のいたでも、発作の苦しみもすっかり拭い去られたのだろう、そのようすには、どこにもさきほどのあの恐しい凄惨な生ける屍を思わせるものはないが、その目は暗くおさえきれぬ憤りに燃えていた。

「いまとなっては俺にもはっきりとわかる。あれは、ワナだった——いや、おおいなるワナだ。あのとき、おそらく俺は何も知らぬ人の子の身で、ノスフェラスと《グル・ヌー》とを身の程知らずにも犯したという罪により、とくに死んでいるべきだったのだ。いまの俺はただ、グラチウスの黒魔道にかかって永らえさせられているにすぎぬ。もう、いくたびもこの薬の服用をやめてしまおうとも考えた。だがそのたびに、苦しさにも負け、また、生きながらえてさえいれば、リー・ファの仇をうてる、という思いや、部民たちの懇望、またおのれの欲に負けた。俺は愚かだった。グイン——おぬしは、俺の撤をふんでくれるな。黒魔道は、黒魔道だ。いまの俺にははっきりとそのことがわかる。あのときにはいのちの水だと思ったものが、いまの俺には、悪魔の水に思われる」

「なんだって、いいじゃないか」

グラチウスは頑強に言い張った。

「生きてりゃ、生きているほうが、死んでくたばって墓の下にいるよりゃ、はるかにいいし、たとえ黒魔道で生かされてだって、生き返らされた屍になったたって、生きて動いてるほうがはるかにマシだよ。そう思ってるものは現に沢山いるから、みんなわしの魔道を喜んで、その術にかかるんだろう」

「俺は、そうは思わぬ。グラチウス」

グインは、グラチウスを正面から見つめながら強く言いはなった。

「たとえ記憶が戻らずとも、俺は、俺のままでいる自由が大切だ。——お前の術によって取り戻された記憶では、俺はさいごのさいごまで、それがまことに俺のものなのかどうかわからず、それが本当の俺の記憶なのかどうか、それともお前にそう思いこまされているものなのかどうか、確信がもてぬままに生きてゆかねばならぬだろう。消えろ。いますぐこの場からあのゾンビーどもを永遠の眠りに戻してやって、消えてしまえ。そして二度と俺の前にあらわれるな。俺はおのれの力でおのれの記憶を取り戻し、おのれの運命を見出してみせる」

「そんなふうに断言するのはカッコいいかもしれないが、しかし、いざとなれば、記憶を失ったままじゃあ何も出来やしないさ」

グラチウスは憎々しげに云った。次第に本性があらわれてでもいるかのように、そのしわぶかい顔はくしゃくしゃとゆがんでいた。

「それに、あんたはそれでいいかもしれないが、もう、スカール太子は、わしのくすりなしじゃあ、生きてゆかれないからだだよ。それでも、スカールの前にも二度とあらわれなくてもいいのかね。——太子は、わしのあのくすりを定期的に飲んでいなくては、そのままの元気と生命を保っていることはできやせんのだよ」

「……」

グインは、黙りこみ、グラチウスをにらみつけた。

「それみたことか」

グラチウスは勝ち誇って云った。

「だから、わしを、追い払おうなどという考えは起こさぬがいい。まあ、いまのところは、ゾンビーどもは地にかえしてやることにするよ。どちらにせよ、ルードの森は脱出したのだし、それに、ゴーラ軍ももうしばらくは、あんたらを追いかけてはこないだろうからな。わしのあれだけ待ち焦がれていた《会》も、このままだと何もおこらぬままにまたしても先延ばしになってしまうらしい。こうなるとわしにももう、いったいどういうことがその奇跡を引き起こすのか、よくわからぬ。おぬしが記憶をすべて取り戻し、あらためてスカール太子と出会ったときにこそ何かがおこるのか――それとも、こんどはもっとずっと違う何かが本当の《会》のきっかけをひきおこすことになるのか。それはわからぬが、いずれにせよ、わしにわかるのは、それでもなお、おぬしがこの世界のカギを握っている、かなめとなっている、ということだよ。まあいい、わしのしたことが無駄だったとは思わん。だが、わしの待っていた《会》は消えてしまった。どうも、それもまたおぬしにたぶらかされたのじゃないかという気がしてならんが、おぬしが記憶を失っているということだけは、うそいつわりでも、芝居でも、そのように見せかけようとしているのでもないことはわしにはわかる。まだ当分わしはおぬしにつきまとうつもりだよ。わしを追っ払おうとしても無駄だよ——わしはあらわれたいところにあらわれ、したいことをし、云いたいことをいうよ。そのために八百年も生きてきたのだからな。だがおぬしにちょっかいは当分出さぬことにするよ。スナフキンの剣で切られてはたまらぬからな。あの剣は、わしにはきかぬわけじゃないんだよ。どうやらわしも半分くらいは、魔界の人間になってしまったらしいからな。八百年も生きてきてしまうとな」

「消えろ、この剽軽者めが」

グインは強く言った。グラチウスはふんという顔をしてみせ、それから、ぽんと一回転して、宙に消え失せた。

「あ……」

騎馬の民たちは息をのんだ。それから、あわてて、スカールとグインをとりまくように駈け寄ってきた。

「太子さま！」

「グインどの！」

「何も、大事ございませんか？　おからだは！」

「俺は大丈夫だ」

スカールが短く、苦々しく答える。

「きゃつの薬のおかげでな。——くそ、俺ももしかしたら、あの、さっき我等を襲ってきた屍の仲間なのではないか、もうずっと以前に俺は死んでおり、いまの俺はただ生かされているだけのゾンビーなのではないか、という気がしてきた」

「スカール太子」

グインが鋭く声をかけた。

「それはいいが、ここはもしかしたらそうそうに立ち退いたほうが無難かもしれぬ。——さきほどから気になっていたのだが、あの火、やはり」

スカールはきっとなってグインの指さすほうをふりむいた。

「あれは、誰か仲間が持っていた松明の火が燃え移ったか、それとも」

「何——」

スカールは鋭く息を飲み込んだ。

かれらがあとにしてきたほう——はるか草原を見下ろす暗い山肌の一部に、ちろちろと、火の手が木々のあいだからあがっている。まだごく小さい火ではあるが、黒い木々のすがたをシルエットにみせて、あちこちその下生えには火が燃え広がっているようすが明らかだ。まだ、ごうごうという猛火にはなっておらぬが、このままゆけば、あたりの山一面を燃やし尽くす大火となって、どんどん燃え広がりかねぬ不吉な勢いが感じられた。

「それともこれもグラチウスのしわざかもしれぬが……」

「仲間どもを――重傷者を運び出せ。軽傷のものは手伝ってやれ」

スカールは言下に、部の民たちをふりむいて怒鳴った。

「あの火は消えぬかもしれぬ。燃え広がるとこのへんの原野のことだ。豪雨が降ってくるまで、消えることを知らずに燃え続けることになる――大山火事になりかねんな」

「この場をすぐ離れたほうがいい」

グインは云った。

「風向きは――東から、西にむけて吹いているようだ。風上に逃れるには、山地を戻ってゆかねばならぬ。ここは、北にむかっていったん逃れたほうがいいかもしれぬ。どのくらいの勢いで燃え広がるかわからぬが――このあたりの山林は、長年まったくひとの手の入らぬところだろう。下生えにはおびただしい枯れ草や枯れ枝、枯れ木が溜まっている。それに火がつくと――」

「あまり、ぞっとせぬな」

スカールは賛成した。

「おぬしのいうとおりだ。北に逃れよう。――南に下ってゆくとトーラスに近づいてゆく。西に逃げられぬなら、北にいったん出たほうがいい。この季節は、時としてノスフェラスからの黄砂が吹いてきて、モンゴール全域でかなり風の強い季節であるはずだ。

下手をするとまさに、これはいくつもの山を丸坊主にしかねぬ大火になるかもしれん。急げ」

「かしこまりました！」

一難去ってまた一難とはまさにこれだ——とでもいいたげな顔つきで、騎馬の民たちはいっせいに洞窟に駆け込んでゆく。もう、どこにも、あのおぞましいのろのろと迫ってくるゾンビーの姿はなかった。かわりに、深い夜の中に、遠い山肌をちろちろと舐めている不吉な炎の色が、あるばかりだ。

「おのれ、これもきゃつのたくらみであったら、今度こそ、グラチウスのやつ、許さぬ」

スカールが怒って唸った。

「馬どもはことのほか火に弱い。火をみると動転するし、そうでなくとも細い山道だ、馬を駆けさせて急ぐことも出来ん。ともあれ、急ごう。なんとしてでも、あの火に追いつかれたくはない。——こんな山の中で、誰にも知られず火葬になるくらいなら、それこそまだゾンビーどもと戦って果てたほうがマシなくらいだからな」

「太子さま、馬に乗れぬものたちが数名おりますが、あとのものは一応移動の準備がとのいました」

騎馬の民が報告にきた。

だがな」

「せっかく、少しのあいだなりともからだをやすめて、怪我を癒してやれると思ったのだがな」

スカールは獰猛に歯をむいて唸った。

「やむを得ぬ。ともかく、移動開始だ。まっすぐに北へ向かう。万一にもはぐれることがあったら、とにかく指笛を吹いて知らせろ。たぶん、重傷のものたちは、そう早くは移動できぬだろうからな。無傷のものが極力、怪我の重たいものの面倒を見てやれ」

「かしこまりました」

「移動開始！——北へ！」

「北へ——！」

かつては——

栄光と、そして活力とに満ちて草原を我が物顔に駆け抜けていた一族であったはずであった。

だが、いまとなっては、生き残るものもわずか四十名足らず——しかもその大半は負傷している。

それでもなお、草原の民のさいごの誇りにかけるように、騎馬の民は、馬たちをなだめ、乗れるものはその馬上の人となり、馬に乗る力をも残しておらぬものは、馬に荷物をのせ、友の肩をかりながら歩き出して、洞窟を離れた。

怪我が重くて、自力で歩くことのかなわぬものは、鞍にくくりつけられ、怪我しておらぬものがそのかたわらについて滑り落ちぬように手をそえる。はかのゆかぬ、じれったくもどかしい移動がはじまった。

それは、まことに、いたましい行軍――と呼ぶのさえはばかられる落人の群そのものであった。それでもなお、かれらのおもちは昂然としており、その目は不屈の闘志を宿して明るい。これほどに追いつめられてもなお、かれらは屈することを知らぬかのようだ。

はるかな山麓で、ちろちろと燃え上がる不吉な炎の蛇の舌のような火の手が、しだいにはっきりと見え始め、どうやら山火事は、下火となってゆく気配もないようであった。

4

「トール将軍。ゼノン将軍」

急いで走り寄ってきたヴァレリウスを、トールとゼノンとは、あわてて迎えた。

「何かありましたか。ヴァレリウス宰相」

「斥候の下見に出した私の配下の魔道師が戻って参ったのですが」

ヴァレリウスは緊張したおももちであった。

「まだだいぶん先のほうですが、ユラ山地の北部のほうで、かなり大がかりな山火事が勃発したようだ、という報告がありまして」

「山火事？」

トールがゼノンと顔を見合わせた。

「こんな時期に？」

「この時期はかなり空気も乾燥していますし、木々がすれあって自然発生の大きな山火事が起こることも珍しくはないかもしれないが、と魔道師が云っております。それはどこの山林でも、あるていどの年をへて、燃えやすい枯れ木の多くなった山林にはありがちなことですが」

ヴァレリウスは眉をよせた。

「ユラ山系を越えればもうそこはすぐルード大森林です。〈闇の司祭〉の言葉を信じるとすれば、グインどのはルードの森のあたりにおられるという。しかし、そこにゆくためには、どうあれどこかでユラ山系を越えなくてはなりません」

ヴァレリウスは、手に持っていた地図をひろげて二人にみせた。

「部下の魔道師が申すには、山火事が起きているのはどうやらこのあたり――かつてのスタフォロス砦とアルヴォン砦のおおむねあいだくらいの、ユラ山系のルードの森ぞいの方向だということです。それも、かなり遠くから見えるくらいですから、相当に大がかりに燃え広がっているらしい。……となると」

「山火事」

トールとゼノンはまた顔を見合わせた。

「いま我々はちょうどユディトーの砦に近づくのを避けてユラニア最北部を横断している最中です。まもなく、アリーナからユディトーへむかう街道を今日明日にも横切るところ――いかにそこで人目にふれぬようこれだけの人数の軍勢を街道筋を渡らせるか、ということがきのうの議題にも出ておりましたが、しかし、ここでそんな、遠からぬあたりで大きな山火事が勃発したなどということになると……」

「……」

「ユラ山地はそれほどトーラスからも遠くありません。そして山々と森はずっとルードの森からトーラスまできれめなく続いています。——まさか、その、いま起きている山火事がトーラスにまで被害を与えるという可能性はさすがに少ないでしょうが、タルフォくらいまでなら充分、被害が及ぶ可能性はあるかもしれない。少なくとも、風向きしだいでは、アルヴォンやタロスの砦は危ないかもしれません。いまのところは、風はノスフェラスのほうから吹いているようですが」

「……」

「その知らせが辺境警備隊から、あるいはルードの森にいるというゴーラ王の軍勢からトーラスに届けば、ただちに、山火事をしずめることは出来ぬまでも、木々を伐採し、空き地を作って延焼を防ぐ、などの措置をするために、トーラスから軍勢がさしむけられる可能性があります。——まあ、いまはゴーラ軍はモンゴール反乱軍を鎮圧するのに手一杯であり、モンゴール反乱軍のほうはとうてい、そんな山火事などにかまっていることはありえないにしても、本当にトーラスなり、タルフォなり、アルヴォンなりに危険が及びそうになってきたら、トーラスとしても、いったんなんとかしてその山火事の被害をふせぐために人数を割かぬわけにはゆかなくなりましょう」

ヴァレリウスは地図を指し示しながら早口で説明した。

「私が思うに、ここは進路をいったん、遠回りのようですが南にちょっとかえ、予定よりかなり手前で進路を東にとって、アリーナとワイズのあいだで街道を横断し、そのまま、山火事の展開を見つつユラ山地にそって、しかしユラ山地に入らずにガイルンのほうまで下ってゆく、というほうが無難ではないでしょうか。ユラ山地に入ってしまうと、かなり道は難路になってきます。そこでもしも、山火事がいっそうひろがっていた場合には、ルードの森に近づくことはまず無理になってしまう。ガイルンはトーラスに相当近くなるので、発見される危険性は高まるのですが、それは私ども魔道師軍団がついていれば、あらかじめ結界を張ったり、人の多そうな道すじは避けて旧街道をずっとゆくという方向で避けられるでしょう。その山火事というのがちょっと気になります。山火事を鎮圧するための人手がアルヴォン側にむけてトーラスから大勢出されてしまうとするとなお気になる。ユラ山地を突っ切ってしまうともうモンゴール領内ですから……いま現在は、逆にむしろ旧ユラニア領内のほうが、モンゴール領内よりも、発見される危険性は少ない感じがします」

「進路についてはもう、ヴァレリウスどのにお任せいたしておりますから」

トールは、ゼノンにうなづきかけて答えた。

「私どもは不慣れな場所でもありますし、それになんといっても、魔道師団のように斥候で遠くを見てくるということが出来ません。——しかしその山火事というのは気になりますな。まさか、何か人為的な……」

「ゴーラ王の軍勢とかかわりがあるとしたら、ルードの森で起きるだろうと思うので……」

考えこみながら、ヴァレリウスは云った。

「まあ、たぶん、自然発生的なもの、偶発的なものだろうとは思うのですが……にしても、いやな時期に、いやな場所で起きるものですね。……いまここで山火事に進路をさえぎられたら、ルードの森に入るのは不可能になってしまう。むしろ、それなら、ユディトーに出るずっと前に北上してケス河を渡り、ノスフェラス側からルードの森に近づいたほうがいいくらいですが……しかしこれだけの軍勢を連れてルードの森のなかで道に迷ったりしたくありませんし……」

「ルードの森については、あまりにもさまざまな伝説だのばかりありますが……」

トールは精悍な眉をよせた。

「とにかく、ナタールよりもさらにすごいとてつもない辺境だ、あれこれ不思議なことの起きる、ある意味ノスフェラスよりもぶきみな樹海だ、などということは聞いていますが、ほかのことはまったくわからない。そのなかにもし、ゴーラ軍が、グイン陛下を拉致したまま行軍しているのだとすると……グラチウス導師のお話では、ゴーラ軍は一万四千にも及ぶ大軍だということだし……そんな大勢が、どうやってそんな辺境の深い森を抜けて行軍しているのか、それがどうもよくわからぬのですが……」

（そんなの、本当かどうかわかったものじゃないですよ、あのグラチウスのじじいが云っていることにすぎないんだから）

そう云ってやりたくて、ヴァレリウスの口はむずむずしたが、ヴァレリウスはじっと我慢した。

「ただひとつ、ユラ山地にそんな大火事が起きたとすると、たぶんゴーラ軍は、ユラ山地に近づくのは断念してまっすぐトーラスに下るでしょう。ルード大森林からイシュタールにおもむくにせよ、いったんトーラスを経過して、街道を通ったほうが、ユラ山系を強引に踏み越えてさらにまた、ユラニア北部の大森林地帯を抜けるよりはるかに楽なはずです。――そのためにも、あまり、北上しすぎないほうが、よろしいかと思うのですが」

「それはもう、ヴァレリウスどののおすすめとあらば、われらはそれを」

トールはゼノンをふりかえった。赤毛のタルーアンの若者は、赤毛のひげがかなりのびてきている童顔で、真剣な顔でうなづいた。

「はい。私には、まったく異存ございません」

「ではとりあえず、南下――というほどではなくても、進路をかなり南側にかえて――

アルバタナまで下ってしまうとこれはかなり人家も多いあたりになりますから、やはりアリーナのすぐ北かすぐ南くらいで……北でしょうね。街道は、アリーナをかなめにして、そのあとはナントやゴラーナ、そしてアルセイス、イシュタールへと続いている。アリーナから北のほうがはるかに往来が少ないはずですし」

「いまの時期だと、隊商だの、巡礼だの、旅人もそんなにいるんでしょうか？」

「隊商にせよ、アリーナから南への往来はあるでしょうが、アリーナ以北となるとかなりぐっとその数が減るはずです」

ヴァレリウスは地図をにらみながらいった。

「まあ最終的には山火事も、ユラ山地のいただきをこすことはさすがにありえないと思うので——ああいう無人の原野ではじまった火災というのは、一つ間違うと大変な惨禍をもたらす大災害になる可能性もありますが、そうなる前に、雲をよび、豪雨をよんで、それで自然鎮火する、という経過のほうがおそらくは大きいだろうと思うので……山火事についてはあまり心配はしておらぬのですが……ただ、それにともなって、トーラスから人手が派遣されて、あのあたりがひとけが多くなってしまうほうが私は気になるので……」

「それに、それでもし、トーラスから援軍が出て合流するとすると、一万四千のゴーラ兵がさらに増えて……二万だの、三万だの、という数になられたら、いかにケイロニア最強騎士団の精鋭といえど——いや、ケイロニア最強騎士団の精鋭なればこそ」

トールは肩をすくめた。

「まして我々はいたずらにことをかまえるためにここまでやってきたのではない。我々の最終目的はモンゴール、あるいはゴーラとのあいだに戦いを引き起こすことではなく、あくまでもグイン陛下を無事救出することに尽きております。ここで、モンゴールやゴーラ軍をあいてに激烈な戦闘状態に入るというのは、かなり……陛下を取り戻すためにそうせざるを得ないということならもう、俺はそれでもかまわない、という気分ではありますが」

「それがしもそのとおりです」

ゼノンが勢いこんでいい、ちょっと色白な頬を紅潮させた。

「まあ、平和裡に返してもらえるものなら苦労はしない、とは思いますが……そもそも、ゴーラ王の出かたもよく読めませんし……逆に、陛下の居場所をたずねあてからのほうが、いろいろと大変な苦労がはじまりそうな気が、私などするのですけれどもね」

ヴァレリウスは云った。

「それはともかく、ではさっそく、休息後に、針路をやや南東に取り直すように、各部隊に伝達していただきたい。そして、ちょっとこのところ速度を少し落としていたので、またちょっと速度をあげてユラニア北部街道地帯を通過しましょう。——あまり南に下ってユラニア中心部に近づいてしまうと、かなりあちこちに人家、集落も多い上に、あのあたりは平野がずっと続いており、身を隠す山林、原野もあまりないので、これだけの軍勢が通過した、という報告がイシュタールなりアルセイスにいってしまうことがどんどん面倒になります。——場合によっては街道近辺や人家、集落の周辺はすべて、夜間の通過に限り、日中はなるべく山林地帯を選んで身をひそめ、そしてアルバタナ街道を過ぎてユラ山系が近くなり、国境地帯に入ってきたら一気に速度をあげて……それまでにまた私ども魔道師部隊のほうも、山火事の具合やゴーラ軍の動静などについて全力をあげて探って、またユラ山系の越えかたや、グラチウス……導師の云われた、グイン陛下はゴーラ軍中にあり、ゴーラ軍とともにルードの森にあり、という情報の真偽について、極力早く確認をとるようにいたします」

「何から何まで、お世話になります。ヴァレリウス宰相」

「とんでもない。毎度申し上げておりますが、すべてのことは、グイン陛下がパロをお救い下さったことからはじまっているのですから」

ヴァレリウスは丁重にいった。そして、地図をおりたたんでかくしにしまいこむと、急ぎ足でまた、おのれの部隊のほうに戻っていった。

本来、魔道師であるヴァレリウスにしてみれば、足など使わず、宙をとんで戻ってきたいのであるが、あまり意味もなくケイロニア軍の朴訥な武将、将校、兵士たちを仰天させたくも、あまりそういうことをみせびらかしすぎてあやしいやつだと思われたりもしたくなかったので、ヴァレリウスは、やむを得ない場合には極力、ケイロニア軍の前で魔道をひけらかさぬよう、おのれにも、おのれの軍団にも徹底させていたのである。

（山火事か……）

ヴァレリウスはなんとなく奇妙な気持で考えていた。

（こんな時に、おかしな話だ。——それももしかして、まさかと思うがなにか、ゴーラ軍の動きとでもかかわりがあるのだろうか？　ただ単に偶然に発生したにしては、あまりにも、符合していすぎる。……確かにいまの季節は、山火事のおきてもおかしくはない時期かもしれないが、にしても、普通は誰もいない広大な無人の山林に自然発生で山火事が起きたとしても、誰も知らぬ間にいつのまにか雨がふり、かなりの地域を焼きつくしても知られぬままに消えてしまっているのが、自然のなりゆきというものだろう。——よりによって、めったにない大人数が、あちらからもこちらからも、山林地帯に入ったときに、大規模な山火事が発生する、というようなことは——自然発生とか、偶然というよりは、その——大人数が動いていることとかかわりがあるのではないか、と見たほうが論理的なのではないかな。——ゴーラ、というか旧ユラニアは基本的には平地の国だ。北部に森林、東側をユラ山地に囲まれてはいるものの、西と南はずっと中原きっての沃野がひろがっている。——辺境のモンゴールに生まれ育ったものたちと違って山林地帯で動くことに馴れていない。そうしたものたちが、うっかりして火をおとし、それが静かにもえひろがって大規模な山火事になってしまう、などということは――充分にありうることだし、そう思ったほうが、これだけの軍勢が、こちらからもルードの森を目指し、ルードの森にもゴーラ軍の大軍がいる、などというときに、偶然の自然発生で山火事が起きる、などという可能性よりははるかにありうることに俺には思われる……）

（だが、もしも……それがゴーラ軍がらみの火災だとすると……火災はルードの森ではなく、ユラ山地の北東側でおきている、と部下は報告してきた。まだ、ユラ山地の西側にはまったく炎は及んでいないようだが、上から見るとユラ山地の北東半分にかなりひろく、火が燃え広がっている、と。――とすると――それがもしゴーラ軍が関係しているとすると……ゴーラ軍は、もしかしてもう、ルードの森を抜け出し、ユラ山系近くにいる……）

（その可能性もないではない。――が、また、だとしたら……もしもトーラスを目指すなら、ゴーラ軍がユラ山系を越える必要はまったくない、トーラスを目指すなら、道はひたすらタロスから南下するだけだ。――いや、だが）

（もしも、イシュトヴァーンが、グインどのをトーラスに連れ帰ってトーラスの反ゴーラ勢力に奪還のこころみをされることをおそれ、ユラ山系をこえて一気に旧ユラニア領

に入ってイシュタールへグインを連れ帰る、ということをたくらんでいたとしたら）

（だとすればすべては符合するが――イシュトヴァーン軍がユラ山系を越えようとし、そのさいに誰か兵士の物知らずや不用意から火災が発生した……考えられないことではない）

（だがもしそうだったらたいへんなことだ……かえってルードの森のほうが始末がいい。ルードの森なら、あれだけの広さにわたって生木が広がっており、川も泉もいくらもあるから、木々がそう簡単に延焼することはないが……山々となると、道は細いし、その上に、馬を連れてだとけわしい上り道、下り坂、峠道が続いて――大軍が通り抜けるには、森林よりもっと不向きなはずだ。そこで大火にあったら……）

ヴァレリウスは、奇妙な不吉な予感に胸がどきついてくるのを覚えた。めったに、魔道師であるかれはそのような不吉な妄想がふくらむことなどない。おのれの予感をとぎすましておくために、妄想することをかたく禁じるのも魔道師の修業である。

だが、いまは、ヴァレリウスは、おのれの胸にふくらんでくるのが、妄想ばかりだとは思えなかった。

（大丈夫だろうか……ゴーラ軍が炎に追われてユラ山中で追いつめられるようなことになったとき、グインは……）

（あの人なら、何があろうと大丈夫だ、という気はするが……しかしまた……）

たったいま、山火事がらみで発見されることの危険を避けて、針路を南にかえろ、と進言したばかりで、こんどは、もしかしたらグインがあやういかもしれぬから、針路はやはりむしろ北のほうにかえたほうがいい、と進言したら、ずいぶんと信用を失うだろう。それに、どちらにせよ、はっきりとした証拠があるというわけではない。

(どうした……ものかな)

ヴァレリウスは考えこんだ。

(カルチウス)

するどく心話を放つ。ただちに、ふわりと、下級魔道師のすがたがあらわれる。

「お呼びになりましたので」

(カルチウス。――ご苦労だが、先刻サディスのいって斥候してきた、ユラ山系の山火事の件について集中的に、もう一回《閉じた空間》を使って偵察してきてほしい。見てきてほしいのは、山火事の規模、ひろがり具合、被害、そして、その火事の近辺に、ゴーラ軍――ことにグイン陛下のすがたがないかどうかを確認することだ)

(かしこまりました)

カルチウスの黒いすがたは、ふわりと消えた。

それを見送ってやっと少しヴァレリウスは安心した。先刻斥候に出したサディスはただの、下級魔道師でも下のクラスだが、カルチウスは、それよりは三つほどクラスが上だ。その分、遠くまで《閉じた空間》も使えようし、もうちょっと山火事の本体に近づいて偵察することも出来るはずだ。

（それでもし——何かおかしなことがあって、なおも気がかりがつのるようだったら……今度はちょっと、今夜の夜営のときにでも、俺が直接いって斥候してきたほうがいいだろうな）

あまりケイロニア軍にけむたがられぬよう、ヴァレリウスは、極力、おのれの魔道の力を陣中で使うことを避けている。

だが、そうとばかりもいってはいられない。もしも万一にも、ゴーラ軍が山火事にまきこまれているとしたら、ゴーラ軍はともかく、グインだけでも早急に救い出さなくては危険かもしれない。

（山火事か……）

パロには、山火事が自然発生するような大森林など、ひとつもない。パロ北部は美しい緑の平原がはてしなくひろがり、なだらかな丘陵くらいしかない。パロ南部はダネインの大湿原にひろがってゆく。カラヴィア公爵領からカレニアにかけてだけが、森の国、とも呼べるかもしれない。また東部のアルーン森林は、かなり広い森林地帯ではあるが、そこもまた、山々ではない、おだやかな丘陵の森林地帯だから、そこには果樹園も切り開かれ、耕作地帯もひろがり、あちこちに集落があり、そして森林が深くなってくるあたりからは自由国境地帯となる。そのすぐ西のマリアはパロでもっとも美しいといわれている田園地帯だ。

いずれにせよ、また、パロの森は、枯れた枝どうしがすれあって火事がおきるような密生のしかたをしない。葉っぱのひろい、花がさき、実がみのる木々がゆたかに生い茂っているが、ダネインからの水の恵み、ランズベール川などの大きな川の恵みをうけて、青々とした広葉樹が主体となったパロの森林では、ついぞ山火事の起きた、などという話は——誰かが放火しただの、戦乱の犠牲になった、というほかには——きいたこともない。

(やはり……中原の辺境近い北方は、万事につけて荒々しい……)

といって、ケイロニアの山林、ナタール大森林などはまた、逆にあまりそういう話をきかない。たぶんそれは、寒すぎて、雪も多く、またナタリ湖などの大きな湖もたくさんあって、湖沼地帯と呼ばれるほどに水分が多い地方であるからだろう。モンゴールからユラニア北部にかけては、ケス河をへだててノスフェラスの砂漠にいたるほどあって、かなり全体に乾燥しているのだ。

(殺伐としたところだ——その上に、荒涼としたところでもある……)

そのなかで、誰も見ておらぬ森林に炎が燃え広がり——はじめは、誰にも気付かれずにチロチロと火が燃え始め、それが気付かれたときにはもう、誰にもとめられぬ大火となってゆく――

そのさまを、まざまざとヴァレリウスは思い描いた。

ごうごうと燃えさかる炎。生木を松明と化して燃え上がる炎――そして、逃げまどう鳥たち、獣たち、一瞬にして燃え尽きて炎のなかに落ちてゆく虫たち――

そのあいだを、狂乱しても逃げ延びる場所もなく、赤裸に燃え尽きてゆく山々のなかに追いつめられてゆく軍勢。いかにゴーラ軍が勇猛であろうとも、山火事の脅威をあいてに、どう戦いようも、立ち向かいようもあるまい。ましてあのあたりの山には、ヴァレリウスの知る限りでは大きな湖も川もない。名も知られぬ小川や泉は森のなかにはいくらもあろうが、ユラ山系はかなり岩がごつごつとそびえている、荒れ果てた山地だ。

(グインどののことであってみれば……そんなものに、万が一にも巻き込まれるような運命は持ってはおられまいが――しかし……)

ともかくも、カルチウスが様子を見て戻ってきてからのことだ、と思う。ヴァレリウスは、くちびるをかんだ。まだはるかに遠いユラ山地の山火事の、こげくさいにおい、木々や葉っぱや鳥どもの燃えるにおいが、かすかに漂ってくるような錯覚があった。

あとがき

たいへんたいへん、この原稿「きのうの午前中なら間に合う」っていわれてたのに、すっかり忘れてしまってました。あわれ担当のA氏の運命やいかに、だなあ。ってことで、長年の禁を破って午前中どころか、更新終わったばかりの「朝飯前」にあとがきあわてて書いている栗本です。「グイン・サーガ」百一巻「北の豹・南の鷹」をお届けいたします。

いや、なんでこういうことになったかというとね、私がワガママいって「四月九日の『百の大典』の感想もあとがきに書きたいから、大典終わるまであとがき待ってもらっちゃだめ？」っていったからなんですね。で、きのうの日曜に書いて送るはずだったのにころりと忘れてしまって、ああ、悪いことしたなあ(^^;)ま、けさのアサイチで入ってればちょっと忙しいけどなんとかはなるでしょう。ごめんごめん。

ってほとんど私信になってますが、でもまあ、そのおかげで「百の大典」についてのお話もまじえつつ百一巻のあとがきを書くことが出来てよかったです。

二〇〇五年四月九日、千代田区九段下、お堀端に由緒ある古風なすがたをさらす九段会館はなんと朝の六時からいらして並んでいてくれた、というかたたちを筆頭に、ずらりと九段下の駅のほうまでの長蛇の列となり、道ゆく人を「なにごとだ」と驚かせた——ようです。おりしも桜はまさに満開、結局この週末が最高の見頃でしたもんね。「桜の花も祝福するかのような晴天と満開の花の下で」っていう、書いてて気恥ずかしくなるような文章がまんま通じてしまうようなありさまで、花吹雪が舞い散る中で、お集まりいただいた六百人の皆様とともに、「グイン・サーガ百巻」をお祝いしていただいたのでした。

私のほうはなにせライブやるからそっちの準備だの、その前後はトークだからやっぱりお着物着たいなってことで着物から洋服へ、洋服からまた着物へっていうバカげた「お色直し」して、はしゃいでるって云われないかなとか気になったり、「でも一生にいっぺんくらいいいじゃないか、私結婚式だって披露宴ちゃんとしてないもん」なんて開き直ったり、「第一この季節に桜の着物着なくてどうする」とかって思ったりして(笑)まあそっちのほうでおおわらわであんまりじーんと感動してるひまもなかったんですが——それになんかやたら忙しかったしねえ、出たり入ったり。でも、終わってみると、ようやくしみじみと「ああ、ああして盛大にお祝いしていただいて、なんて幸せなやつなんだろう」という気持がこみあげてきてます。

朝六時からいらしてた到着ナンバー1のかたは京都からいらした、っていってたけど、クイズ大会で壇上にあがっていただいた皆様も、京都だの神戸だの名古屋だのからおいで下さっていて、うん、京都のかたたくさんおいでたようですねえ。広島のかたもいらした。この日のために東京の九段下まできて下さったんですね。本当にありがとうございます。

全体に、あんまり、「幸せだなあ」って思うことの少ない人で、これは絶対にちょっとウキウキした気分ではしゃいだりすると「お調子乗り」だってたしなめられたり、「はしゃぐんじゃない、みっともない」ととめられてしまった子供時代の影響だと思うんだけど、「炎の群像」の大阪千秋楽でスタンディング・オベイションをいただいたときにも、あわや涙がこみあげてきそうになったんだけど「泣いちゃいけない」って思ってぐっとふみとどまってやたらクールに微笑んでいたりしたこと、いまとなっては「つまらんやつだな」って思います。もっと自由に素直に感情を放出することを覚えていれば、許されていれば——もっともそうしたら、歌は歌ってたかもしれないけど、抑圧されてなくて小説書いてなかったかもしれないから、それはそれでよかったんだろうと思うんですけれどもねえ、いまとなっては。

でも、「幸せだなあ」とはそれほど思わなかった、あるいはやっぱり感じないようにしてたのかもしれないんですが、「ああ、私は幸せ者だなあ。幸せなやつだなあ」っていうのはあれ以来ずっと思っています。こうして百巻の小説をずっと書いてこられたこと。それをずっとそうして愛してきていただけたということ。九段会館につどって下さったかたもそうでなかったかたも、たくさんの百巻のお祝いのことばを頂戴したり、また、「二十六年目にしてはじめてメールします」というかたたちからたくさんメールをいただいたりしたこと。そして何よりも「これが人生の頂点」ではなく、ただちに百一巻が出て、そのあとに百二巻が出て、「まだまだ何百巻も（えええっ（爆））書いて行ける限り書くだろう」って思えること。それを許していただき、また「嬉しい」と思っていただけるということ。

それにとにかく、本当にたくさんのたくさんの皆様に支えられて「グイン・サーガ」が存在しているんだということを、あらためて感じた一日でした。むろん会場で全国各地からいらした皆さんにお目にかかったときもそうだし、また、歴代のイラストレーターさんたちが集まって下さって（くくっ、天野さんからお祝いの絵をいただいちゃった、「祝100巻」って書いてあるの、ナリスさまですよ。いいでしょー（爆））また担当編集者さんや人名リストやチェックをしてくださっているかたがたを皆様にご紹介して、お礼のことばをいえたことや——それにまた、更新日記にも書きましたけれど、パーティで、この本「そのもの」を作って下さってる製本会社のかた、紙屋さんのかた、それに早川の営業マンたちとお目にかかれたこともとてもとても楽しかったですね。なるほど、一冊の本が店頭に出て皆様のお手元にわたるまでには、こんなに大勢の人たちがかかわってくれているんだって——「一粒の麦もし死なずば」じゃあないですけれども、なんか、ああ、この本は私が一人でただ書いているわけじゃない、そのうしろにこうやって、それにかかわって下さっているかたたちがたくさんいて、そしてこれを買って手にとって愛して下さるかたたちがたくさんいて、だからこうして二十六年間、続いてこられたし、これからも続けていいよ、といって下さるんだなって思ったんですねえ。なんか、とても素直な気持ちで「有難う」といえたし、「幸せなやつです」と思えた一日だったと思います。作家と生まれて……って作家に生まれたわけじゃない、人は作家に生まれるのではない、作家になるのだ、ってことかもしれませんが、なりわいを作家となって二十八年、世に大作家小作家あまねくおいでになる中に、本当によくぞこの作品を続けてこられたし、しかもこれだけじゃなくてたくさんの書きたいものを書いてこられた、という、本当に本当に幸せな人間なんでしょうね、私は。おまけに更新日記でも書いたですけど、そのあとパーティ会場を出るときに、息子と旦那と、ドラムの岡田さんと一緒の車で、早川の皆さんの拍手を頂戴して九段会館をあとにしたのですが、なんか、ああ、本当に孤独じゃないんだなあ、って思ったりしました。そんなにいろいろなものをもらっているのは、いろいろ大変なことがあるののご褒美なのか、神様の元気づけというか、「ま、環境は整えてやるからやらなくちゃならないことをちゃんとやりとげろ」っていうご命令なのか、よくわかりませんが――でも息子が「半分くらいまでしか読んでないけど、僕もいっていいの」っていうので「あんたは読者じゃなくて、グイン・サーガの兄弟でしょ、どっちもお母さんの子供なんだから。だから兄さんをお祝いしにゆくのは当たり前でしょう」っていったら納得してましたけど（笑）とにかく四月九日を通り過ぎて、いよいよむしろ「これからどこまでゆけるかだな」って切実に思います。グインだけじゃなく。小説だけじゃなく。やれるかぎりのことを送り出して、その途中で「ああ、ここまでだったか」って納得して逝けるように。それがいつきても、どこでもいいように。心残りのないように。グインが完結するかどうかも神様のみ心のままにだと思うし、何巻になるのかもヤーンにおまかせだと思う。ただ、私はやるべきことをやり、なすべきことをなし、少しでも邪魔になる不純な気持だの、間違った考えだの、頭の硬さだのをとりのぞいて自分を整えるように気を付け、よりゆたかにより広く、より《時》に寄り添った物語をなるべく早く、なるべくストレートに伝わるように送り出すだけだ、と思うんですね。なんかほんとにいろいろなことを考えた、というより感じた四月九日でした。

で、もうここに百一巻をお届けできる、というのもとてもいいことだと思うし――そう、「炎の群像」のラストでも使ったことばですけれども――「物語は終わらない。だから語り続けよう。時の流れをこえて、いつまでも」――って。まあ実際にはそんな

「いつまでも」ってことはありえないわけだから、いつかは終わるんですけれど、終わるときまでは終わらない、それでいいんじゃないかといまはとてもおだやかな気持で思っています。

きのうで今年の桜も終わり、という感じで静かに雨が降っていたりしますけれども、でもまた来年の花にあうときがくるんですね。百巻の先には百一巻があり、百一巻の先には百二巻がある。いつか「本当の最終巻」がくるにしても、それは物語の完結なのか、それとも私という物語の終わりなのか、それはわからないけれども、ただ、それまで何も悔いることのないように。この希有な物語を生み出すことを許された人間として、つねにまっすぐに、自分を無にしてこの物語によりそっていけたらと思っています。栗本薫は幸せな人間です。皆様、この物語を愛して下さる皆様、かかわって下さる皆様、本当にありがとうございました。そしてこれからもただそこにいて下されぱと心から願っています。ってなんか終わりのシメの挨拶みたいだけど、でもその以前に百巻のラストでは「ええいここでこんな地獄のヒキをするかああ!」という絶叫が「百巻おめでとうございます」とまじって宙を舞っていましたが、「百一巻でさらにたまげた」という関係各位の証言(^^;)もありますんで、皆様も心してご一緒に腰を抜かして下さいませ。

まだまだクライマックスは続く、という感じであります。

では今回の恒例の読者プレゼントは、菅原義雄様、後石原泉様、大滝あやか様の三名様にさせていただきます。今度はまた一ヶ月後にお目にかかれますね。そのときにはすっかり梅雨になっているのかなあ。あ、この百一巻のタイトルですが、天狼パティオのタイトルあてで以前に登場したのですが、実は私も前々からつけたいと思っていたタイトルだったのでした。天狼パティオはこの五月三十一日で終わってしまいますが、そのさいごにパティオとゆかりふかいタイトルで長年続いてきたパティオのタイトルあてともお別れ、というのも、ヤーンのご意志のように思われます。ヤーンに祈りを、ですね。

二〇〇五年四月十一日(月)

神楽坂倶楽部 URL
http://homepage2.nifty.com/kaguraclub/

天狼星通信オンライン URL
http://homepage3.nifty.com/tenro/

天狼叢書の通販などを含む天狼プロダクションの最新情報は、天狼通信オンラインでご案内しています。

これらの情報を郵送でご希望のかたは、長型4号封筒に返送先をご記入のうえ80円切手を貼った返信用封筒を同封して、お問い合わせください。（受付締切等はございません）

〒162-0805 東京都新宿区矢来町109　神楽坂ローズビル3F
（株）天狼プロダクション情報案内グイン・サーガ101係

星雲賞受賞作

今はもういないあたしへ…
新井素子
悪夢に悩まされつづける少女を描いた表題作と、星雲賞受賞作「ネプチューン」を収録。

ハイブリッド・チャイルド
大原まり子
軍を脱走し変形をくりかえしながら逃亡する宇宙戦闘用生体機械を描く幻想的ハードSF

永遠の森　博物館惑星
菅　浩江
地球衛星軌道上に浮ぶ博物館。学芸員たちが鑑定するのは、美術品に残された人々の想い

太陽の簒《さん》奪《だつ》者《しゃ》
野尻抱介
太陽をとりまくリングは人類滅亡の予兆か？星雲賞を受賞した新世紀ハードSFの金字塔

銀河帝国の弘法も筆の誤り
田中啓文
人類数千年の営為が水泡に帰すおぞましくも愉快な遠未来の日常と神話。異色作5篇収録

ハヤカワ文庫

日本ＳＦ大賞受賞作

上弦の月を喰べる獅子　上下
夢枕　獏

ベストセラー作家が仏教の宇宙観をもとに進化と宇宙の謎を解き明かした空前絶後の物語。

ヴィーナス・シティ
柾　悟郎

ネット上の仮想都市で多発する暴力事件の真相とは？　衝撃の近未来を予見した問題作。

戦争を演じた神々たち［全］
大原まりこ

日本ＳＦ大賞受賞作とその続篇を再編成して贈る、今世紀、最も美しい創造と破壊の神話

傀《く》儡《ぐつ》后《こう》
牧野　修

ドラッグや奇病がもたらす意識と世界の変容を醜悪かつ美麗に描いたゴシックＳＦ大作。

マルドゥック・スクランブル（全3巻）
冲方　丁

自らの存在証明を賭けて、少女バロットとネズミ型万能兵器ウフコックの闘いが始まる！

ハヤカワ文庫

星界の紋章／森岡浩之

星界の紋章Ⅰ―帝国の王女―

銀河を支配する種族アーヴの侵略がジントの運命を変えた。新世代スペースオペラ開幕！

星界の紋章Ⅱ―ささやかな戦い―

ジントはアーヴ帝国の王女ラフィールと出会う。それは少年と王女の冒険の始まりだった

星界の紋章Ⅲ―異郷への帰還―

不時着した惑星から王女を連れて脱出を図るジント。痛快スペースオペラ、堂々の完結！

星界の紋章ハンドブック

『星界の紋章』アニメ化記念。第一話脚本など、アニメ情報満載のファン必携アイテム。

星界の紋章フィルムブック（全3巻）

アニメ『星界の紋章』、迫真のストーリーをオールカラーで完全収録。各巻に短篇収録。

ハヤカワ文庫

星界の戦旗／森岡浩之

星界の戦旗Ｉ―絆のかたち―

アーヴ帝国と〈人類統合体〉の激突は、宇宙規模の戦闘へ！『星界の紋章』の続篇開幕。

星界の戦旗II―守るべきもの―

人類統合体を制圧せよ！　ラフィールはジントとともに、惑星ロブナスIIに向かったが。

星界の戦旗III―家族の食卓―

王女ラフィールと共に、生まれ故郷の惑星マーティンへ向かったジントの驚くべき冒険！

星界の戦旗IV―軋《きし》む時空―

軍へ復帰したラフィールとジント。ふたりが乗り組む襲撃艦が目指す、次なる戦場とは？

星界の戦旗ナビゲーションブック

『紋章』から『戦旗』へ。アニメ星界シリーズの針路を明らかにする！　カラー口絵48頁

著者略歴　早稲田大学文学部卒
作家　著書『さらしなにっき』
『あなたとワルツを踊りたい』
『ルードの恩讐』『豹頭王の試
練』（以上早川書房刊）他多数

HM = Hayakawa Mystery
SF = Science Fiction
JA = Japanese Author
NV = Novel
NF = Nonfiction
FT = Fantasy

グイン・サーガ⑩

北《きた》の豹《ひょう》、南《みなみ》の鷹《たか》

〈JA795〉

二〇〇五年五月十日　印刷
二〇〇五年五月十五日　発行

（定価はカバーに表示してあります）

著者　栗《くり》本《もと》薫《かおる》
発行者　早川浩
印刷者　大柴正明
発行所　株式会社　早川書房
郵便番号　一〇一－〇〇四六
東京都千代田区神田多町二ノ二
電話　〇三－三二五二－三一一一（大代表）
振替　〇〇一六〇－三－四七七九九
http://www.hayakawa-online.co.jp

乱丁・落丁本は小社制作部宛お送り下さい。
送料小社負担にてお取りかえいたします。

印刷・株式会社亨有堂印刷所　製本・大口製本印刷株式会社

© 2005 Kaoru Kurimoto　Printed and bound in Japan

ISBN4-15-030795-4 C0193